LETTRES
D'AZA
OU
D'UN PÉRUVIEN,

SECONDE PARTIE.

LETTRES
D'AZA,
OU
D'UN PÉRUVIEN.
SECONDE PARTIE.

A AMSTERDAM,

AUX DÉPENS DU DÉLAISSÉ.

M. DCC. LXXV.

AVERTISSEMENT.

LA lecture des Lettres d'une Péruvienne m'a fait ſouvenir que j'avois vu en Eſpagne, il y a quelques années, un Recueil de Lettres d'un Péruvien, dont l'Hiſtoire m'a paru depuis avoir beaucoup de rapport avec celle de Zilia. J'ai obtenu ce Manuſcrit. J'ai reconnu que c'étoient les Lettres mêmes d'Aza, traduites en Eſpagnol. C'eſt ſans doute à *Kanhuiſcap*, ami d'Aza, à qui la plûpart de ces Lettres ſont adreſſées, que l'on doit cette Traduction du Péruvien.

L'intérêt qu'Aza a excité en moi dans ces Lettres, m'en a fait entreprendre la Traduction. J'ai vu, avec joie, s'effacer de mon eſprit les idées odieuſes que Zilia m'avoit données d'un Prince plus malheureux qu'inconſtant. Je crois qu'on goûtera le même plaiſir. On en reſſent toujours à voir juſtifier la vertu.

Bien des gens feront peut-être un crime à Aza d'avoir peint, sous le nom de Mœurs Espagnoles, des défauts, des vices même particuliers à la Nation Françoise. Quelque sensé que paroisse ce reproche, il sera bientôt détruit, lorsqu'on fera attention, avec M. de Fontenelle, qu'un Anglois & un François sont Compatriotes à Pékin. Je n'ose me flatter d'avoir rendu la noblesse des images, la force & l'expression des pensées que j'ai trouvées dans l'Original Espagnol : je m'en prends à notre Langue & au ſort ordinaire des Traductions. Le Lecteur s'en prendra peut-être à moi ; nous pourrons avoir raiſon tous deux.

LETTRES D'AZA A ZILIA.

LETTRE PREMIERE.

UE tes larmes ſe diſſipent comme la roſée à la vue du Soleil ; que tes chaînes changées en fleurs, tombent à tes pieds, & te peignent, par l'éclat de leurs couleurs, la vivacité de mon amour, plus ardent que l'aſtre divin qui l'a fait naître ! Zilia, que tes craintes ceſſent ! Aza reſpire encore ; c'eſt t'aſſurer qu'il t'aime toujours.

Nos tourments vont finir : un moment fortuné va nous unir à jamais. O divine félicité ! qui peut vous retarder encore ?

Les prédictions de *Viracocha* * ne sont point accomplies. Je suis encore sur le trône auguste de *Manco-Capao* , & Zilia n'est point à mes côtés. Je regne , & tu portes des fers.

Rassure-toi , tendre objet de mon ardeur , le Soleil n'a que trop éprouvé notre amour, il va le courronner. Ces nœuds, foibles interpretes de nos sentiments ; ces nœuds, dont je benis l'usage , & dont j'envie le sort , te verront libre. Du fond de ton affreuse prison , tu voleras dans mes bras. Semblable à la colombe qui , échappée aux serres du vautour , vient jouir de son bonheur auprès de sa fidelle compagne , je te verrai déposer dans mon cœur , encore ému de craintes , tes douleurs passées , ta tendresse & mon bonheur. Quelle joie !

* Incas qui avoit prédit la destruction de leur Empire par les Espagnols.

quels transports de pouvoir effacer tes malheurs ! Tu verras à tes pieds ces barbares maîtres du tonnerre, & les mains mêmes, qui t'ont donné des fers, t'aideront à monter sur le tône.

Pourquoi faut-il que le souvenir de mes malheurs vienne altérer un bonheur si pur ? Pourquoi faut-il que je te trace des maux qui ne sont plus ? N'est-ce point abuser des présens des Dieux, que de n'en pas goûter tout le prix ? Ne point oublier son infortune, c'est presque la mériter. Et tu veux, ma chere Zilia, que j'ajoute à mes maux la honte de les avoir soufferts justement. Je t'aime, je puis te le dire, je vais te revoir. Quel nouvel éclaircissement puis-je te donner sur mon sort ? J'irois te peindre le passé, quand je ne puis t'exprimer les sentiments qui m'agitent en ce moment.... Mais que dis-je ? Tu le veux, Zilia !

Rappelle-toi, si tu le peux, sans mourir, ce jour affreux, ce jour dont l'alégresse fut l'aurore.

Le Soleil plus brillant répandoit

ſur mon viſage les mêmes rayons dont il éclairoit le tien. Les tranſports de la joie, les flammes de l'amour enlevoient mon cœur. Mon ame étoit confondue dans la Divinité même dont elle eſt émanée. Mes yeux étinceloient du feu qu'ils avoient pris dans les tiens, & brilloient de mille déſirs. Retenu par la décence des cérémonies, je marchois au Temple, mon cœur y voloit. Déja je t'y voyois plus belle que l'étoile du matin, plus vermeille que la roſe nouvelle, accuſer de lenteur nos *Cucipatas* *, te plaindre à moi de l'obſtacle qui nous ſéparoit encore........ quand tout à coup, ô ſouvenir horrible! la foudre gronde, éclate dans les airs. A ce bruit redoutable tout tombe à mes côtés. Moi-même je me proſterne pour adorer *Yllapa* §. Je l'implore pour toi. Ses coups redoublent, ſe ralentiſſent, ils ceſſent. Je me leve tremblant pour tes jours. Quelle horreur! quel Spectacle! envelloppé dans

* Prêtre du Soleil.

§ Le Tonnerre.

un nuage de souffre, environné de flammes & de sang dans une affreuse obscurité, mes yeux n'apperçoivent que la mort ; mes oreilles n'entendent que des cris, & mon cœur ne demande que toi. Tout te peint à ce cœur éperdu. J'entends encore le coup qui t'a frappée Je te vois pâle, défigurée, le sein souillé de sang & de poussiere : un feu cruel te dévore.

Les nuages se dissipent, l'obscurité cesse ; le croiras-tu, Zilia ? Ce n'étoit point Yllapa. Les Dieux ne sont pas si cruels. Des barbares, usurpateurs de leur puissance, nous en faisoient sentir tout le poids. A leur vue odieuse, je m'élance au milieu d'eux. L'amour, les Dieux qu'ils ont outragés, me prêtent leurs forces ; ta vue les augmente. Je vole à toi. Je renverse tout. Je suis prêt de t'atteindre ; mais tu passes la porte sacrée. On t'entraîne, tu disparois, la douleur me dévore, le désespoir m'arrache des pleurs. Furieux, je m'élance, on se jette sur moi. Les coups que j'ai portés, ont détruit jusqu'à mes armes. Affoibli par l'excès de mes efforts, accablé par le nombre, je tombe sur les corps outragés de mes ancêtres. * Là, mon sang & mes larmes se mêlent à leur ignominie, aux corps expirants de tes compagnes, aux guirlandes mêmes dont tu devois orner ma tête, & que tes mains avoient tissues. Un froid mortel s'empare de mes sens. Mes yeux troublés s'affoiblissent, se ferment. Je cesse de vivre, sans cesser de t'aimer.

Sans doute l'amour, l'espoir de te venger, ma chere Zilia, m'ont rendu à la vie. Je me suis trouvé dans mon Palais, environné des miens. La fureur a succédé à ma foiblesse; j'ai poussé des cris affreux; les mains armées, j'ai excité ma garde à me venger. Périssent, lui ai-je dit, périssent les impies, ils ont violé nos plus sacrés asyles. Venez, armez-vous tous; frappons détruisons ces cruels. Rien ne pouvoit calmer mes transf-

* Les Péruviens mettoient dans leurs Temples les corps embaumés de quelques-uns de leurs Rois.

ports. Mais quand le *Capa-Inca* * mon pere averti de ma fureur, m'eût assuré que je te reverrois, que tes jours étoient en sûreté, que nous serions l'un à l'autre, quelle joie, quels nouveaux transports se sont emparés de mon ame ! O ma chere Zilia ! est-ce assez d'un cœur pour goûter tant de plaisir ?

Une basse avidité pour un vil métal a seule conduit ces barbares dans ces lieux. Mon pere a su leurs desseins, & les a prévenus. Ils partiront enfin courbés sous le pids de ses dons, aussi-tôt qu'ils t'auront rendue à mes vœux. Ces peuples, que l'or arma contre nous, & qu'il rend nos amis, devenus moins féroces, font éclater à chaque instant leur reconnoissance & leur respect. Ils s'inclinent devant moi, ainsi que nos Cucipatas devant le Soleil. Se peut-il qu'un amas méprisable de matiere, puisse changer ainsi le cœur de l'homme ; & de barbares qu'ils étoient, les rendre les instruments de ma félicité ? Etoit-ce à

* Nom générique des Rois du Pérou.

un métal, à des monſtres, à retarder, à faire enfin notre bonheur ?

Adorable Zilia ! lumiere de mon ame ! que les mots dont tu te ſers pour te tracer le malheur qui nous a ſéparés, m'ont cauſé d'agitation ! Je t'ai ſuivie dans le danger. Ma fureur s'eſt renouvellée ; mais les aſſurances de ta tendreſſe, ainſi qu'un baume ſalutaire, ont adouci la plaie que tu touchois dans mon cœur. Non, Zilia, rien n'eſt égal au bonheur d'être aimé de toi. Tous mes ſens en ſont troublés. Mon impatience s'accroît, elle me dévore. Je brûle. Je meurs.

Viens me rendre la vie. Zilia ! Zilia ! que *Lhuama* * te prête ſes aîles ; que l'éclair le plus vif te porte juſqu'à moi, tandis que mon cœur plus prompt que lui vole au-devant de tes pas.

* Grand aigle du Pérou.

LETTRE II.

A ZILIA.

QUOI, Zilia *, la terre n'eſt pas anéantie. Le Soleil nous éclaire encore, & le menſonge & la trahiſon ſont dans ſon empire. O Zilia! toutes les vertus mêmes ſont bannies de mon cœur éperdu. Le déſeſpoir & la fureur ont pris leur place.

Ces barbares Eſpagnols, aſſez hardis pour te donner des fers, mais trop lâches, trop inhumains pour les briſer, ont oſé me trahir. Malgré leurs promeſſes, tu ne m'es pas rendue.

Yllapa ! qui te retient ? lance tes coups ; tourne contre ces perfides les traits dévorans qu'ils t'ont dérobés; qu'une flamme empoiſonnée après mille tourments les réduiſe en pou-

* Cette lettre ne lui fut pas remiſe.

dre ! Monſtre cruel ! dont le crime ne peut ſe laver que dans le ſang du dernier de ta race. * Nation perfide, dont les Villes raſées devroient être ſemées de pierres, & arroſées de ſang § ; quelles horreurs joignez-vous à l'infâmie du parjure !

Déja de ſes rayons ſacrés le Soleil a éclairé deux fois ſes enfants, & ma chere Zilia n'eſt pas rendue à mon impatience. Ces yeux, dans leſquels je devrois fixer ma félicité, ſont en ce moment innondés de pleurs. C'eſt peut-être au travers des larmes les plus ameres, qu'ils laiſſent échapper ces traits de flammes qui embraſerent mon cœur. Ces mêmes bras dans leſquels les Dieux devoient couronner l'amour le plus ardent, ſont peut-être accablés encore ſous le poids

* Les Péruviens pourſuivoient le crime juſques dans les deſcendans du criminel.

§ On détruiſoit juſqu'aux Villes où étoient nés les grands criminels ; on y ſemoit des pierres ; on y verſoit du ſang en ſigne de malédiction.

d'indignes fers. O douleur funeste! ô mortelle pensée!

Tremblez, vils humains, le Soleil m'a remis sa vengeance. Mon amour outragé va la rendre plus cruelle.

C'est par toi que j'en jure, Astre vivifiant dont nous tenons nos ames * & nos jours; c'est par tes pures flammes, dont le feu divin m'anime. O Soleil! que tes rayons bienfaisants s'éloignent de moi pour jamais; que plongé dans une nuit affreuse, la consolante aurore n'anonce plus ton retour, si Aza ne détruit la race criminelle qui ose souiller de mensonges ces lieux sacrés. Et toi, ma chere Zilia, objet infortuné de toute ma tendresse, seche tes pleurs. Tu verras bientôt ton amant renverser tes ennemis, briser tes fers, les en accabler. Chaque instant augmentera ma fureur & leur supplice. Déja une joie cruelle se fait jour dans mon cœur. Déja je crois me baigner dans

* Les Péruviens regardoient l'ame comme une portion du Soleil.

le ſang de ces perfides. La rage ſignale mon amour.

Je vais ſurpaſſer leur barbarie ; elle ſera mon guide ; je cours la ſuivre. Zilia, ma chere Zilia ! ſois ſûre de ma victoire, c'eſt toi que je vais venger.

LETTRE III.

DE MADRID,

A KANHUISCAP.

QUELLE Divinité aſſez touchée de mes maux, généreux ami, a pu te conſerver à ma douleur ! Il eſt donc vrai qu'au ſein des malheur les plus affreux on peut goûter quelques charmes : & que, quelque infortuné que l'on ſoit, on peut contribuer au bonheur des autres ; tes mains ſont accablées de chaînes, & tu parois ſoulager les miennes. Ton ame eſt abattue par la douleur, & tu diminues ma triſteſſe.

Etranger, captif dans ces climats barbares, tu me fais retrouver ma Patrie, dont le ſort t'éloigne. Mort pour tout le reſte des hommes, je ne veux plus vivre qu'avec toi. Ce n'eſt que pour toi que mon eſprit accablé trouvera des expreſſions, &

que mes mains affoiblies formeront quelquefois ces nœuds qui nous réunissent malgré nos cruels ennemis.

Pardonne si l'amour le plus tendre, le plus violent, t'entretient plus souvent que l'amitié & que la vengeance. Les douceurs de l'une peuvent consoler ; la violence de l'autre peut avoir des charmes, mais ils le cédent à l'amour.

Ce n'est pas qu'abbatu sous les coups du sort, mon infortune ait diminué mon courage. Roi, je pensois en Roi : esclave, je n'ai pas les sentiments de mes semblables. Je desire la vengeance sans l'espérer. Je voudrois changer, & ton sort & le mien. Je ne puis que les plaindre.

Va, meurs ; on nous transporte dans un monde nouveau, & malgré mes prieres, on nous sépare. Notre amitié devient l'objet de la crainte de nos vainqueurs. Accoutumés au crime, pourroient-ils ne pas redouter la vertu.

Est-ce ainsi qu'il devoit finir, Kanhuiscap, ce jour où ton courage & le mien, où mon amour mieux qu'eux encore, devoit me rendre en triomphant, digne de la main qui m'armoit, de l'Aſtre étincelant qui m'a fait naître, & de ton admiration; où le Soleil, ennemi du parjure, devoit venger ſes fils, les raſſaſier de la chair fumante de ces monſtres * & les abreuver de leur ſang odieux?

Eſt-ce ainſi que je dois venger les Dieux de Zilia? Zilia! qui, conſumée par l'amour le plus vif, brûle encore dans les fers que je n'ai pu briſer. Zilia! que d'infâmes raviſſeurs... O Dieux! éloignez de moi ces funeſtes images... Que dis-je, Kanhuiſcap? Les Dieux, mêmes ne peuvent les bannir. Je ne vois point Zilia; un élement cruel nous ſépare. Peut-être ſa douleur..... nos ennemis.... les flots...... un trait mortel

* Les Péruviens mangeoient la chair de leurs ennemis, buvoient leur ſang, les femmes s'en frottoient le bout des mamelles pour le faire ſucer à l'enfant.

me perce le cœur. Ami, je ſuccombe à l'excès de mes maux. Mes quipos échappent de mes mains. Zilia.... Zilia !

LETTRE

LETTRE IV.

A KANHUISCAP.

FIDELE Anqui, tes quipos ont suspendu un instant mes alarmes, mais ils n'ont pu les bannir. Au baume salutaire que ton amitié répand sur mes maux, succedent toujours des souvenirs affreux. Je me rappelle à chaque instant Zilia dans les fers, le Soleil outragé, ses Temples profanés : je vois mon pere courbé sous le poids des chaînes, comme sous celui des ans ; ma Patrie désolée. Je n'existe plus que dans ma tristesse. tout l'accroît ; les ombres de la nuit ne me représentent que des images effrayantes. En vain le sommeil m'offre le repos, dans ses bras je ne trouve que des tourments. Cette nuit encore Zilia s'est offerte à mes yeux. Les horreurs de la mort étoient peintes sur son visage. Mon nom sembloit échaper de ses levres mourantes ; je le voyois tracé sur les quipos qu'elle tenoit encore. Des Barbares inconnus, les armes teintes de ſang, au milieu de la flamme, du tumulte & des cris, l'arrachoient d'une de ces énormes machine qui nous ont tranſportés, & ſembloient la préſenter en triomphe à leur chef odieux, quand tout à coup la mer, s'élevant juſqu'aux nues, n'a plus offert à ma vue que des flots de ſang, des cadavres flottants, des bois à demi conſumés, des feux & des flammes dévorantes

En vain je veux diſſiper ces triſtes idées, elles viennent toujours ſe peindre à mon eſprit. Rien ne m'arrache à ma douleur, tout l'augmente. Je hais juſqu'à l'air que je reſpire. Je me plains aux flots de ce qu'ils ne m'ont point englouti. Je me plains aux Dieux du jour qu'ils me laiſſent encore. Si leur bonté moins cruelle me permettoit de me ravir à la lumiere, ſi je pouvois diſpoſer un inſtant de cette portion de la divinité qu'ils m'ont départie; ſi ce n'étoit point un crime horrible pour un mortel, que de détruire l'ouvrage de la Divinité, dût-on blâmer ma foiblesse, dût mon ame errer dans les airs, Kanhuiscap, mes maux seroient finis. Mais que dis-je ? ils augmentent tous les jours.

Reçois dans ton sein mes vives douleurs, ô Kanhuiscap ! apprends, s'il se peut, le sort de Zilia, tandis que mon cœur éperdu la demande aux Dieux, à la nature entiere, à moi-même.

LETTRE V.

QUE les rayons divins qui nous donnent la vie, t'échauffent de leur feu le plus doux, Kanhuiscap ! tu nourris dans mon cœur l'espoir le plus flatteur. Les progrès que tu fais dans la langue des Espagnols, t'ont déja instruit que les premiers Vaisseaux qu'on attend sur le rivage que tu habites, viennent de la terre du Soleil. Tu saura le sort de celle pour qui seul je respire. Juge avec quelle impatience j'attends que tu m'en instruise. Je me suis peint d'avance l'étendue de ma félicité. L'état de Zilia s'est dévoilé à mes yeux. Je l'ai vue, je la vois encore remise à la garde du Soleil, n'ayant d'autre tristesse que celle de mon éloignement, parer les Autels de ce Dieu de sa bauté, autant que des ouvrages de ses mains. Ainsi qu'une fleur précieuse, qui après l'orage, encore agittée par les vents reçois les premiers rayons du Soleil ; l'eau qui la couvre ne ſert qu'à augmenter ſon éclat ; de même Zilia paroît plus belle & plus chere à mon cœur. Tantôt je la vois comme le Soleil même, lorſqu'après une longue obſcurité, ſa lumiere plus vive annonce à nos yeux éblouis, la convaleſcence imprévue, & la prolongation de nos jours. Tantôt je ſuis à ſes pieds. Je reſſens le trouble, l'émotion & le plaiſir, le reſpect, la tendreſſe, tous les ſentiments qui m'agittoient lorſque je jouiſſois de ſa vue ; ceux même dont ſon cœur étoit ému, Kanhuiſcap, je les éprouve. Que les chaînes des illuſions ſont fortes ! mais qu'elles ſont aimables ! mes maux réels ſont détruits par des plaiſirs apparents. Je vois Zilia heureuſe : mon bonheur eſt certain.

O mon cher Kanhuiſcap, ne trompe pas une eſpoir qui fait ma félicité, qui peut être détruit par la ſeule impatience ! Que le moindre retardement, généreux ami, ne differe pas mon bonheur. Que tes quipos noués par les mains de l'allégresse, me soient portés par les vents devenus plus prompts ; & que pour prix de ton amitié, les parfums les plus exquis se répendent toujours sur sa tête.

LETTRE VI.

DE quel eau délicieuse te sers-tu, cher ami, pour éteindre le feu cruel qui dévoroit mon cœur? Aux inquiétudes qui m'agitoient sans cesse, à la douleur qui m'accabloit, tu fis succéder la joie & le calme. Je vais revoir Zilia. O bonheur presque inespéré! Je ne la vois point encore, ô cruel éloignement! En vain mon cœur devance ses pas. En vain toute mon ame vole se confondre dans la sienne; il m'en reste assez pour sentir que je suis séparé de Zilia.

Je vais la recevoir, & cette consolante pensée, loin de calmer mon inquiétude, accroit mon impatience. Séparé de ma vie même, juge quels tourments j'endure? à chaque instant je meurs; je ne renais que pour désirer. semblable au chasseur qui augmente en courant l'éteindre, la soif qui le dévore, mon espoir rend plus vives le flamme qui me consume; plus je suis prêt de m'unir à Zilia, plus je crains de la perdre. Pour combien de temps, fidele ami, un moment ne nous a-t-il pas déja ſéparé? Et ce moment cruel, au comble de ma félicité, je le crandrai encore.

Un élément auſſi barbare qu'inconſtant eſt le dépoſitaire de mon bonheur. Zilia, me dis-tu, abandonne l'Empire du Soleil, pour venir dans ces climats affreux. Long-temps errantes ſur les mers, avant de me rejoindre, quel dangers n'aura-t-elle pas à courir, & combien davantage n'en aurois-je pas à craindre pour elle! ... Mais dans quel égarement me plonge mon amour! Je redoute des maux, quand tout me promet des plaiſirs; des plaiſirs dont l'idée ſeule ..... Ah! Kanhuiſcap, quelle joie! quel ſentiment jusqu'alors inconnu! .... tous mes ſens ſe ſéparent pour goûter le même plaiſir. Zilia s'offre à mes yeux; j'entends les tendres accents de ſa voix. Je l'embraſſe. Je meurs.

LETTRE

LETTRE VII.

SI, susceptible d'altération, quelque chose pouvoit diminuer ma joie, Kanhuiscap, le terme où tu remets mon bonheur, pourroit l'affoiblir.

Avant de me rendre heureux, il faut que le Soleil éclaire cent fois le monde; avant cet espace immense de temps, Zilia ne peut m'être rendue.

En vain l'amitié s'efforce de me dédommager des rigueurs de mon sort; elle ne peut m'arracher à mon impatience.

Alonzo, que l'injuste Capa-Inca des Espagnols a nommé pour s'asseoir avec mon pere sur le trône du Soleil; Alonzo, à qui les Espagnols m'ont confié, veut inutilement me dérober à ma douleur. L'amitié qu'il me témoigne, les mœurs de ses compatriotes qu'il me fait observer, les amusements qu'il cherche à me procurer, les réflexions auxquelles je m'abandonne moi-même, ne font que la charmer.

La douleur amere où m'avoit plongé la séparation de Zilia, m'avoit empêché jusqu'ici de faire aucune attention sur les objets qui m'environnent. Je ne voyois, je n'espérois que des maux. Je me plaisois, pour ainsi dire, dans mon infortune. Je ne vivois point : pouvois-je rien considére ? Mais à peine ai-je donné à la joie les moments que l'amour lui devoit, que j'ai ouvert les yeux. Quel spectacle alors m'a frappé ! puis-je te peindre combien il me surprend encore ? Je me trouve seul au milieu d'un monde que je n'eusse jamais imaginé. J'y vois des hommes semblables à moi. Une surprise égale les saisit & me frappe. Mes regards avides se confondent dans les leurs. Une foule de peuple qui s'agite & circule sans cesse dans le même espace, où il semble que le sort l'ait renfermé ; d'autres qu'on ne voit presque jamais, & qui ne se distinguent de ce peuple laborieux que par leur oisiveté ; des rumeurs, des cris, des querelles, des combats, un bruit affreux, un trouble continuel : voilà d'abord tout ce que je pus discerner.

Dans ces commencements mes regards embrassant trop de choses, n'en pouvoient distinguer aucune. Je ne fus pas long-temps à m'en appercevoir ; c'est pourquoi je résolus de leur prescrire des bornes, & de commencer à réfléchir sur ce que je voyois de plus près ; c'est ainsi que la maison d'Alonzo est devenue le siege de mes pensées. Les Espagnols que j'y vois m'ont paru un objet assez considérable pour m'occuper quelque temps, & me faire juger par leurs inclinations de celles de leurs compatriotes. Alonzo, qui a habité assez de temps dans nos contrées, & qui conséquemment n'ignore ni nos usages, ni notre langue, m'aide dans les découvertes que je veux faire. Cette ami sincere, dégagé des préjugés de sa nation, m'en fait souvent sentir le ridicule. Regardez cet homme grave, me disoit-il l'autre jour, qu'à son regard fier, sa moustache retroussée, son bonnet enfoncé, & à sa suite nombreuse, vous preniez déja pour un second *Huana-*

*Capac**? c'eſt un Cucipatas qui a promis à notre *Eachamac* § d'être humble, doux & pauvre. Celui-ci, à qui la liqueur qu'il prend à ſi grands traits, ne laiſſera bientôt plus aucune marque de raiſon, eſt un Juge qui, dans une heure au plus, va décider de la vie ou de la fortune d'une douzaine de citoyens. Cet homme qui eſt encore plus amoureux de lui-même que de cette Dame auprès de laquelle il paroît ſi empreſſé, qui à peine peut ſupporter la chaleur du jour & l'habit parfumé qui le couvre, qui parle avec tant de feu de la moindre bagatelle, dont la débauche a creuſé les yeux, pâli le viſage, & éteint même juſqu'à la voix, eſt un guerrier qui va conduire trente mille hommes au combat.

C'eſt ainſi, Kanhuiſcap, qu'à l'aide d'Alonzo, je vois diſſiper pendant quelques moments l'inquiétude qui me conſume. Mais, hélas, qu'elle reprend bientôt ſa place! Ces amuſements de l'eſprit le cédent toujours aux affections du cœur.

* Nom du plus grand Conquérant du Pérou.
§ Le Dieu Createur.

LETTRE VIII.

LEs observations qu'Alonzo me fait faire sur les caracteres de ses concitoyens, ne m'empêchent pas de jetter quelque fois les yeux sur le sien. Admirateur des vertus de cet ami sincere, je ne laisse pas d'en remarquer les défauts. Sage, généreux & vaillant, il est cependant foible, & donne dans les ridicules qu'il condamne; voyez ce guerrier respectable & terrible, me disoit-il, ce ferme défenseur de notre patrie, cet homme qui d'un seul coup d'œil se fait obéir par un millier d'autres, il est esclave dans sa propre maison, & soumis aux moindres volontés de sa femme. Ainsi me parloit Alonzo, lorsque Zulmire entra. A l'air impérieux qu'elle affectoit, aux tendres embrassements de son pere, je ne pus doute qu'Alonzo ne fût dans le cas du guerrier dont il venoit de blâmer la foiblesse. Ne crois pas que cet Espagnol soit le seul de sa nation qui ne pardonne point aux autres ses propres foiblesses. Un spectacle assez singulier me l'a prouvé. Je me promenois un de ces jours dans un jardin, où dans la foule je distinguai un petit monstre : il étoit de la hauteur d'une *Vicunna* *, ses jambes étoient contournées comme un *Amaruc* §, & sa tête enfoncée dans ses épaules, pouvoit à peine se tourner. Je ne pouvois m'empêcher de plaindre le sort de cet infortuné, lorsque de grands éclats de rire vinrent à me distraire. Je regardai d'où ils partoient. Quelle fut ma surprise, quand je vis que c'étoit un homme presque aussi difforme que le premier, qui se railloit de la taille du petit monstre, & en faisoit remarquer à d'autres la singularité. Se peut-il que nous ne reconnoissions pas nos défauts, lors même que nous les remarquons dans les autres ? Se peut-il que l'excès d'une vertu de-

* Espece de Chevre des Indes.

§ Couleuvre des Indes.

vienne une foibleſſe ? Alonzo ſoumis à ſa fille, ſeroit inexcuſable de ne la pas aimer. La vivacité de l'eſprit, les graces, la beauté, le Dieu Créateur lui a tout donné. Son port, ſes regards languiſſans, malgré le feu qui les anime, le vif éclat de ſon teint, me font aſſez juger qu'elle a un cœur ſenſible, mais vain; doux, mais ardent dans ſes moindres déſirs.

Quelle différence, ami, entr'elle & Zilia ! Zilia qui, ignorant preſque ſa beauté, voudroit la cacher à tout autre qu'à ſon vainqueur ; elle que la modeſtie & la candeur conduiſent, & dont le cœur occupé ſeul par l'amour le plus pur & le plus tendre, ne ſent point les mouvements de l'orgueil, & mépriſe les détours de l'art ; elle qui, pour plaire, ne ſait qu'aimer, elle enfin ..... Quelle flamme ardente conſume mon ame ! Zilia, ma cherē Zilia ! ne me ſeras-tu jamais rendue ? Qui peut retarder encore notre félicité ? Les Dieux ſeroient-ils jaloux des plaiſirs d'un mortel ? Ah ! cher ami, ſi ce n'eſt que pour eux que l'amour doit avoir des douceurs, pourquoi nous font-ils connoître la beauté ? Ou pourquoi, maîtres de nos cœurs, nous laiſſent-ils deſirer un bonheur qui les offenſe ?

LETTRE IX.

SANS le secours de la langue Espagnole, les réflexions qu'Alonzo me fait faire, ne pouvoient pas être portées à un certain point, & celles où je me livre moi-même, ne pouvoient qu'être superficielles. Cherchant à charmer mon impatiennce, j'ai demandé un maître qui pût m'instruire dans cette Langue. Les connoissances qu'il m'a communiquées, me mettent déja en état de profiter des conversations, & d'examiner de plus près le génie & le goût d'une Nation qui semble n'avoir été créée que pour la destruction de la terre, dont cependant elle croit être l'ornement. D'abord je pensois que ces Barbares ambitieux, occupés à faire le malheur des peuples qui les ignorent, ne s'abreuvoient que de sang, ne voyoient le Soleil qu'à travers d'une obscure fumée, & s'occupoient uniquement à forger la mort ; car, tu le sais aussi-bien que moi, ce tonnerre dont ils nous ont frappé, avoit été créé par eux. Je croyois ne rencontrer dans leurs Villes que des Artisants de la foudre, des Soldats s'exerçant à la course & au combat, des Princes teints du sang qu'ils ont versé, bravant, pour en répandre encore, les chaleurs du jour, la glace des ans, la fatigue, & la mort.

Tu prévois ma surprise, lorsqu'à la place de ce théâtre sanglant qu'avoit élevé mon imagination, j'ai vu le trône de la clémence.

Ces peuples qui, je crois, n'ont été cruels que pour nous, paroissent gouvernés par la douceur. Une étroite amitié semble lier les concitoyens. Ils ne se rencontrent jamais qu'ils ne se donnent des marques d'estime, d'amitié, & même de respect. Ces sentiments brillent dans leurs yeux, & commandent à leur corps. Ils se prosternent les uns devant les autres. Enfin, à leurs embrassements continuels, on les prendroit plutôt pour une famille bien unie, que pour un peuple.

Ces guerriers, qui nous ont paru si redoutables, ne sont ici que des veillards encore plus aimables que les autres, ou de jeunes gens enjoués, doux & prévenants. La mollesse qui les gouverne, la peine qu'un rien leur coûte, les plaisirs qui font leur unique étude, & les sentiments d'humanité qu'ils laissent paroître, me feroient croire qu'ils auroient deux corps, l'un pour la société, l'autre pour la guerre.

Quel différence en effet! Ami, tu les as vus porter dans nos murs désolés l'horreur, l'épouvante & la mort. Les cris de nos femmes expirantes sous leurs coups, la vieillesse respectable de nos peres, les sons douloureux que produisoient à peine les tendres organes de nos enfants, la majesté de nos Autels, la sainte horreur qui les environne, tout ne faisoit qu'augmenter leur barbarie.

Et je les vois aujourd'hui adorer les appas qu'ils fouloient aux pieds, honorer la veilleſſe, tendre une main ſecourable à l'enfance, & reſpecter les Temples qu'ils profanoient. Kanhuiſcap, ſeroient-ce donc les mêmes hommes ?

LETTRE X.

PLUS je réfléchis ſur la variété du goût des Eſpagnols, moins j'en découvre le principe. Cette Nation n'en paroît avoir qu'un qui ſoit général, c'eſt celui qui la porte à l'oiſiveté. Il y a cependant une divinité à peu près du même nom, c'eſt le bon goût. Une foule choiſie d'adorateurs lui ſacrifie tout juſqu'à ſon repos; quoique cependant une partie ignore (& cette partie eſt la plus ſincere) quel eſt ce Dieu; l'autre, plus orgueilleuſe, en donne des définitions qui ne ſont pas plus intelligibles pour les autres que pour elle-même. C'eſt, ſelon bien des gens, un Dieu qui, pour être inviſible, n'en eſt pas moins réel. Chacun doit ſentir ſes inſpirations. Il faut convenir avec le Sculpteur, qu'on le voit caché ſous un maſque hideux, qui paroît voltiger ſur deux aîles de chauve-ſouris, & qu'un petit enfant enchaîne galamment avec une guirlande de fleurs. Une espece d'hommes, qu'on appelle ici petits-maîtres, vous forcera de dire que ce Dieu est plutôt dans son pourpoint, que dans celui d'un de ses pareils; & la preuve quelle en apportera, (à laquelle vous ne pourez vous refuser) c'est que les fentes de son pourpoint sont plus ou moins grandes que celles de l'autre.

Il y a quelques jours que je fus voir un édifice dont on m'avoit fait un récit fort incertain. A peine l'eusje apperçu, que je vis près la porte deux troupes d'Espagnols qui sembloient en guerre ouverte l'une contre l'autre. je demandai à quelqu'un qui m'accompagnoit, quel étoit le sujet de leur division. C'est me ditil, un grand point. Il s'agit de décider de la réputation de ce Temple & du rang quil doit tenir dans la postérité. Ces gens que vous voyez sont des connoisseurs. Les uns soutiennent que c'est une masse de pierres, qui n'a rien de rare que son énormité; les autres opposent que cet édifice n'est rien moins qu'énorme, & qu'il eſt conſtruit dans le bon goût.

Après avoir laiſſé ce peuple de connoiſſeurs, j'entrai dans le Temple. A peine eus-je fait quelques pas, que je vis peint ſur un lambris un Vieillard vénérable, dont la grandeur & la nobleſſe des traits inſpiroient le reſpect. Il paroiſſoit porté ſur les vents, & étoit environné de petits enfants ailés qui baiſſoient les yeux ſur la terre. Que repréſente ce Tableau, demandai-je ? C'eſt, me répondit un vieux Cucipatas, après pluſieurs inclinations, le portrait du Maître de l'Univers qui d'un ſouffle a tout tiré du néant : mais interrompit-il avec précipitation, avez-vous examiné ces pierres précieuſes qui couvrent cet Autel ? Il n'avoit pas achevé ces paroles, que la beauté d'une de ces pierres m'avoit d'éja frappé. Elle repréſentoit un homme la tête ceinte de lauriers. Je ne fus pas long-temps à m'informer quel étoit cet homme qui avoit mérité une place à côté d'un Dieu. C'eſt, me dit le Cucipatas d'un air riant, la tête du Prince le plus cruel & le plus méprisable qui ait jamais existé. Cette réponse me jetta dans une suite de réflexions que le défaut d'expression m'empêcha de communiquer. Revenu de mon premier étonnement, d'un pas respectueux, je quittois le Temple, lorsqu'un autre objet m'arrêta. Dans l'endroit le plus obscur, à traver la poussiere, mes yeux démêlerent la tête d'un vieillard. Il n'avoit ni la majesté ni le visage du premier. Quel fut mon étonnement, quand on voulut me persuader que c'étoit le portrait du même Dieu, seul Créateur de toutes choses. Le peu de respect que ce Cucipatas paroissoit avoir pour ce portrait, m'empêcha de le croire, & je sortis indigné contre cet imposteur.

Quelle apparence en effet, Kanhuiscap, que les mêmes hommes, dans le même lieu, foulent aux pieds le Dieu qu'ils adorent?

Ce n'est pas là la seule contradiction que les Espagnols aient avec eux-mêmes: rien de plus fréquent

fréquent que celles que le temps opere sur eux.

Pourquoi détruit-on ce Palais à qui la solidité permettoit encore un siecle au moins de durée? C'est*, m'a-t-on répondu, parce qu'il n'est plus de goût. C'étoit dans son temps un chef-d'œuvre construit à grands frais, mais il est ridicule aujourd'hui.

Quoique cette Nation soit esclave de ce prétendu bon goût, elle se dispense cependant d'en posséder en propre. Il y a ici des gens de goût, qui, payés pour en avoir, vendent chérement aux autres celui que le caprice leur atttribue. Alonzo me fit remarquer l'autre jour un de ces hommes qui ont la réputation de se vêtir avec une certaine élégance, dont, à les croire, on fait un grand cas; pour contraster avec lui, il me montra en même temps quelqu'un qui passoit pour n'avoir aucun goût. Je ne savois en faveur duquel me décider, l'orsque le public, devant qui ils étoient, porta le jugement en se moquant de tous les deux; de-là, la seule différence positive que je pus établir entre l'homme de goût & celui qui en manque, c'est qu'ils s'écartent de la nature par deux chemins différent, & que ce Dieu qu'ils appellent bon goût, choisit sa demeure, tantôt au bout de l'une de ces routes, tantôt au bout de l'autre. Malheur alors à qui ne prend pas le véritable sentier. On le honnit, on le méprise, jusqu'à ce que ce Dieu venant à changer de séjour, le mette en droit, au moment qu'il y pense le moins, de rendre aux autres la pareille.

Cependant Kanhuiscap, à entendre les Espagnols, rien n'est plus constant que le goût: & s'il a changé tant de fois, c'est que leurs ancêtres ignoroient le véritable. Que je crains bien que le même reproche ne soit encore dans la bouche du dernier de leurs descendants.

LETTRE XI.

T'AVOURAI-JE ma ſurpriſe, Kanhuiſcap, lorſque j'ai appris que dans ces climats, que je croyois habitées par la vertu même, ce n'eſt que par force qu'on eſt vertueux. La crainte du châtiment & de la mort, inſpire ſeule ici des ſentiments que je croyois que la nature avoit gravés dans tous les cœurs. Il y a des volumes entiers qui ne ſont remplis que de la prohibition du crime. Il n'eſt point d'horreur que l'on puiſſe imaginer, qui ni trouve ſon châtiment; que dis-je, ſon exemple. Oui, c'eſt moins une ſage prévoyance que les modeles du crime, qui a dicté les loix qui le défendent. A en juger par ces loix, quels forfaits les Eſpagnols n'ont-ils pas commis? Ils ont un Dieu, & l'ont blaſphêmé; un Roi, & l'ont outragé; une foi, & l'ont violée. Ils s'aiment, ſe reſpectent les uns les autres, & cependant ils ſe donnent la mort. Ami, ils ſe trahiſſent : unis par leur Religion, ils ſe déteſtent. Où eſt donc, me demandai-je ſans ceſſe, cette union que j'avois trouvée d'abord parmi ces peuples ; ce lien charmant dont il ſembloit que l'amitié enchaînoit leurs cœurs ? Puis-je croire qu'il ne ſoit formé que par la crainte ou par l'intérêt ? Mais ce qui m'étonne le plus, c'eſt l'exiſtence des loix. Quoi ! un peuple qui a pu violer les droits les plus ſaints de la nature, & étouffer ſa voix, ſe laiſſe gouverner par la voix preſqu'éteinte de ſes ancêtres ? Quoi ! ces peuples, pareils à leur Hamas, ouvrent la bouche au frein que leur préſente un homme dont ils viennent de déchirer le ſemblable ? Ah ! Kanhuiſcap, que malheureux eſt le Prince qui regne ſur de tels peuples ? Combien de piéges n'a-t-il pas à éviter ? Il faut qu'il ſoit vertueux, s'il veut conſerver ſon autorité, & ſans ceſſe le crime eſt devant ſes yeux : le parjure l'environne, l'orgueil devance ſes pas, la perfidie, baiſſant les yeux, ſuit ſes traces, & il n'apperçoit jamais la vérité qu'à la fausse lueur du flambeau de l'envie,

Telle est la véritable image de cette foule qui environne le Prince, & qu'on appelle la Cour. Plus on est près du trône, plus on est loin de la vertu. Un vil flatteur s'y voit à côté d'un défenseur de la patrie ; un bouffon auprès d'un Ministre le plus sage, & le parjure, échappé au supplice qu'il mérite, y tient le rang dû à la probité. C'est pourtant dans le sein de cette foule de criminels heureux, que le Roi prononce la justice. Là il semble que les loix ne lui sont apprises que par ceux qui les violent eux-mêmes. L'arrêt qui condamne un coupable, est souvent signé par un autre.

Car telles rigoureuses que soient les loix, elles ne le sont pas pour tout le monde. Dans le cabinet d'un Juge, une belle femme tombant en pleurs à ses genoux, un homme qui apporte un amas assez considérable de pieces d'or, blanchissent aisément l'homme le plus criminel, tandis que l'innocent expire dans les tourments.

Ah ! Kanhuiſcap, qu'heureux ſont les enfants du Soleil, que la vertu ſeule éclaire ! Ignorant le crime, ils n'en craignent pas la punition ; & comme elle eſt leur juge, la nature ſeule eſt leur loi.

LETTRE XII.

RAREMENT, Kanhuiſcap, le premier point de vue d'où l'on conſidere les choſes, eſt le plus juſte. Quelle différence entre ce peuple, & celui que j'avois vu la premiere fois. Toute ſa vertu n'eſt qu'un voile léger, à travers lequel on diſtingue les traits de ceux qui veulent s'en couvrir : ſous l'éclat éblouiſſant des plus belles actions, on entrevoit toujours la ſemence de quelques vices. Ainſi les rayons du Soleil, qui ſemblent donner à la roſe une plus belle couleur, nous font mieux appercevoir les épines qu'elle cache.

Un orgueil inſupportable eſt la ſource de cette aimable union qui m'avoit d'abord charmé ; ces tendres embraſſements, ce reſpect affecté, partent du même principe. La moindre inflexion de corps eſt regardée ici comme un devoir exigé ſeul par le rang & l'amitié ; & les hommes les plus vils de ce Royaume, qui ſe haïssent davantage, se donnent mutuellement ce faux hommage.

Un grand passe devant vous, il se découvre, c'est un honneur; il vous sourit, c'est une grace; mais on ne pense pas qu'il faut acheter ce salut si honorable, ce sourire si flatteur, par un millier d'abaissements & de peines. Je mens : il faut être esclave pour recevoir des honneurs.

L'orgueil a encore ici un autre voile, c'est la gravité, ce vernis qui donne un air de raison aux actions les plus insensées. Tel seroit un homme généralement estimé, s'il avoit eu la foiblesse de contraindre son enjouement, qui, avec toute la prudence & l'esprit possibles, est regardé comme un étourdi; être sage, ce n'est rien; le paroître, c'est tout.

Cet homme, dont la sagesse & les talens répondent à la douceur qui est peinte sur son visage, me disoit l'autre jour Alonzo, ce génie presque universel, a été exclus des charges les plus importantes, pour avoir ri une fois inconsidérément.

Il ne faut donc pas s'étonner, Kanhuiscap,

Kanhuiſcap, ſi l'on fait ici de très-grandes ſottiſes de ſang froid. Auſſi ce furieux affecté ne fait-il pas ſur moi une grande impreſſion. J'apperçois l'orgueil de celui qui l'affecte, & à meſure qu'il s'eſtime, je le mépriſe davantage. Le mérite & l'enjouement ſont-ils donc des êtres antipatiques ? Non, la raiſon ne perd jamais rien aux plaiſirs que l'ame ſeule reſſent.

LETTRE XIII.

JE ne puis m'empêcher de te le répéter encore, Kanhuiſcap, les Eſpagnols me paroiſſent quelque choſe d'indéfiniſſable. A toutes les contradictions qu'ils font paroître, j'en vois tous les jours ſuccéder de nouvelles. Que penſeras-tu de celle-ci ? Cette Nation a un Dieu * qu'elle adore, & loin de lui faire aucune offrande, c'eſt ce Dieu qui la nourrit. On ne remarque point dans ſes Temples aucuns *Curacas* §, ſymboles de ſes beſoins ; enfin, il y a certains temps de la journée, où l'on

* Il faut obſerver que c'eſt un Péruvien qui parle, & qu'il n'a qu'une connoiſſance imparfaite de notre culte.

§ Statues de différents métaux & différemment habillées, & qu'on plaçoit ou attiroit dans le Temple. C'étoient des eſpeces d'*ex-Voto*, qui caractériſoient les beſoins de ceux qui les offroient.

prendroit les Temples pour des Palais déserts.

Quelques vieilles femmes y demeurent cependant presque tout le jour. L'air de dévotion qu'elles affectent, les larmes qu'elles répandent, me les avoient d'abord fait estimer. Le mépris qu'on faisoit d'elles me touchoit, lorsqu'Alonzo fit cesser ma surprise. Que ces femmes, me dit-il, qui ont déja acquis votre estime, vous sont peu connues ! une de celles que vous voyez est payée par des femmes prostituées pour trafiquer leurs charmes.

Cette autre sacrifie son bien & son repos à la désolation de sa famille.

Meres dénaturée, les unes confient leurs enfants à des gens à qui elles ne voudroient point confier le moindre bijou, pour venir adorer un Dieu qui, à ce dont elle conviennent, ne leur ordonne rien tant que l'éducation de ces mêmes enfants.

Les autres, revenues des plaisirs du monde, parce qu'elles ne le peuvent plus goûter, se font ici devant leur Dieu une vertu des vices qu'elles ont remarqué dans les autres.

Que ces Nations barbares, Kanhuiscap, sont difficiles à accorder avec elles-mêmes ! Leur Religion n'est pas plus aisée à concilier avec la nature. La conduite de leur Dieu à leur égard, est aussi variable que la leur envers lui. *

Ils reconnoissent comme nous, un Dieu Créateur. Il differe, il est vrai, du nôtre, en ce qu'il n'est qu'une pure substance, ou, pour mieux dire, que l'assemblage de toutes les perfections. Nulle borne ne peut être prescrite à sa puissance; nulle variation ne peut lui être imputée; la sagesse, la bonté, la justice, la toute-puissance, l'immutabilité composent son essence. Ce Dieu a toujours existé, & existera toujours. Voilà la définition que m'en ont donnée les Cucipatas de cet Em-

* C'est toujours un Péruvien qui parle.

pire, qui n'ignorent rien de ce qui s'est passé depuis, & même avant la création du monde.

Ce fut ce Dieu qui mit les hommes sur la terre, comme dans un lieu de délices. Il les plongea ensuite dans une abyme de miseres & de peines, après quoi il les détruisit. Un seul homme cependant fut excepté de la ruine totale, & repeupla le monde d'hommes encore plus méchants que les premiers. Cependant Dieu, loin de les punir, en choisit un certain nombre, à qui il dicta ses Loix, & promit d'envoyer son Fils. Mais ce peuple ingrat, oubliant les bontés de son Dieu, immola ce Fils, le gage le plus cher de sa tendresse. Rendue par ce crime l'objet de la haine de son Dieu, cette Nation éprouva sa vengeance : sans cesse errante de contrée en contrée, elle remplit l'Univers du spectacle de son châtiment ; ce fut à d'autres hommes, jusqu'alors plus dignes de la colere céleste, que ce Fils, tant promis, prodiga ses bienfaits. Ce fut pour eux qu'il instituа de nouvelles Loix, qui ne different qu'en peu de choses des anciennes.

Voilà sage ami, la conduite de ce Dieu envers les hommes. Comment l'accorder avec son essence ? Il est tout-puissant, immuable. C'est pour les rendre heureux qu'il créa ces peuples, & cependant aucun bonheur réel ne les dépouille des infirmités humaines. Il veut les rendre heureux; ses Loix leur défendent le plaisir qu'il a fait pour eux, comme eux pour le plaisir; il est juste, & il ne punit pas dans les descendants les crimes qu'il a punis si sévérément dans les peres. Il est bon, & sa clémence se lasse presqu'aussi-tôt que sa sévérité.

Persuadés qu'ils sont de la bonté, de la puissance & de la sagesse de ce Dieu, tu croiras peut-être, Kanhuiscap, que les Espagnols fideles à ses Loix, les suivent avec scrupules : si tu le penses, que ton erreur est grande ! Abandonnés sans cesse & sans réserve à des vices défendus par ses Loix, ils prouvent, ou que la justice de ce Dieu n'est pas assez grande, qui ne punit pas des actions qu'il défend, ou que sa volonté est trop sévere, qui défend des actions que sa bonté l'empêche de punir.

LETTRE XIV.

PEUT-ETRE as-tu pensé, fidele ami, qu'adouci par le temps, l'impatience qui dévoroit mon cœur s'étoit enfin ralentie. J'excuse ton erreur, je l'ai causée moi-même. Les réflexions auxquelles tu m'as vu livré quelque temps, ne pouvoient partir que d'une ame tranquille, ainsi que tu le pensois. Quitte une erreur qui m'offense. Souvent l'impatience emprunte d'une tranquillité apparente les armes les plus cruelles. Je ne l'ai que trop éprouvé. Mon esprit contemploit d'un œil incertain les différents objets qui s'offroient devant moi; mon cœur n'en étoit pas moins dévoré d'impatience. Toujours présente à mes yeux, Zilia me conservoit à mon inqtuiéude, dans les moments même où ma philosophie te sembloit un garant de mon repos.

Les Sciences & l'étude peuvent

distraire : mais elles ne font jamais oublier les passions : & quand elles auroient ce droit, que pourroient-elles sur un penchant que la raison autorise? Tu le sais, mon amour n'est point une de ces vapeurs passageres, que le caprice fait naître, & que bientôt il dissipe. La raison qui me fit connoître mon cœur, m'apprit qu'il étoit fait pour aimer. Ce fut à la lueur de son flambeau que la premiere fois j'apperçus l'amour. Pouvois-je ne le pas suivre? Il me montroit la beauté. Dans les yeux de Zilia il me fit voir sa puissance, ses douceurs, ma félicité; & loin de s'opposer à mon bonheur, la raison m'apprit qu'elle n'étoit souvent que l'art de faire n'aître & durer les plaisirs.

Juge à présent, Kanhuiscap, si la Philosophie a pu diminuer mon amour. Les réfléxions que je fais sur les mœurs des Espagnols, ne peuvent que l'augmenter. La disproportion de vertu, de beauté ! de tendresse, que je remarque entr'elles & Zilia, me fait trop connoître combien il eſt cruel d'en être ſéparé.

Cette innocente candeur, cette franchiſe aimable, ces doux tranſports où ſon ame ſe livroit, ne ſont ici que des voiles dont ſe couvrent la licence & la perfidie. Cacher l'ardeur la plus vive, pour en faire paroître une que l'on ne reſſent pas, loin d'être puni comme un crime, eſt regardé comme un talent. Vouloir plair à quelqu'un en particulier, c'eſt un crime; ne pas plaire à tous, c'eſt une honte : tels ſont les principes de vertu que l'on grave ici dans le cœur des femmes. Dés qu'une d'elle a eu le bonheur, ſi c'en eſt un, d'être décidée belle, il faut qu'elle ſe prépare à recevoir l'hommage d'une foule d'adorateurs à qui elle doit tenir compte de leur culte, au moins par un coup d'œil chaque jour. Quand la perſonne qui jouit de cette réputation, eſt ce qu'on appelle coquette, la premiere démarche qu'elle fait eſt pour démêler dans la troupe celui qui eſt le plus opulent. Cette découverte une fois faite, tous ſes ſoins, ſes actions doivent tendre à lui plaire : elle y réussit, l'épouse ; alors elle consulte son cœur. Sa beauté prend un nouvel éclat, elle va tous les jours dans les temples & dans les endroits publics : là, à travers un voile qui exempte son front de rougir, & ses yeux de baisser, elle passe en revue la troupe fidelle.

Alvarès & Pédre partagent bientôt son cœur. Elle balance entr'eux, se décide pour le premier ; cache son choix à tous les deux, les laisse soupirer. Sans décourager Pédre, elle rends Alvarès heureux, s'en dégoûte, retourne à Pédre qu'elle abandonne bientôt pour un autre. Ce n'est pas là le plus difficile de ses entreprises. Il faut qu'elle persuade à tout le monde qu'elle chérit son mari, & qu'elle fasse connoître à son époux le bonheur qu'il a d'avoir une femme sage.

Le public a aussi un devoir à remplir, dont il s'acquitte très-bien, c'est de faire souvenir le mari de ce qu'il a épousé une belle femme.

Il n'est point jusqu'à Zulmire, dont ces contagieux exemples n'ayent perverti le cœur. Je crois qu'enfant encore, elle avoit la paſſion dangereuſe de vouloire plaire. Ses moindres mouvements, ſes regards les plus indifférents, ont toujours quelque choſe qui ſemble partir du cœur. Ses diſcours ſont flateurs, ſes yeux paſſionnés, & ſa voix touchante ſe perd ſouvent dans de tendres ſoupirs. C'eſt ainſi, Kanhuiſcap, qu'ici, par des ſecrets différents, la vertu a les dehors du vice, tandis que le vice ſe couvre du manteau de la vertu.

LEETTRE XV.

O Vérité qui me ſurprend encore ! O connoiſſance profonde! Kanhuiſcap, le Soleil, ce chef-d'œuvre de la nature; la terre *, cette mere féconde, ne ſont point des Dieux. Un Créateur différent du nôtre les a produits; d'un regard il peut les détruire. Confondus dans un vaſte cahos, enveloppés d'une matiere groſſiere, du ſein de la confuſion il tira ces aſtres lumineux, & les peuples qui les adorent. A toute matiere il donna une vertu productive. Le Soleil à ſa voix, diſtribua la lumiere; la Lune reçut ſes rayons, nous les tranſmit. La terre produiſit, alimenta par ſes ſucs ces arbres, ces animaux que

* Les Péruviens adoroient la terre ſous le nom de Mamachaa.

nous adorons. La mer qu'un Dieu ſeul pouvoit dompter, nous nourrit des poiſſons qu'elle renfermoit : & l'homme, créé maître de l'Univers, régna ſur tous les animaux.

Voilà, cher ami, ces myſteres, dont l'ignorance a cauſé nos malheurs. Si, inſtruits, comme les Eſpagnols, des ſecrets de la nature, nous euſſions ſu que ce foudre, qu'ils ont lancé ſur nous, n'étoit qu'un amas de matiere, que nos climats renfermoient : que Yllapas même, ce Dieu terrible, n'étoit qu'une vapeur que la terre produiſoit, & que le hazard guidoit dans ſa chute ; que ces Hamas furieux, qui fuyoient devant nous, pouvoient nous être ſoumis, paiſibles témoins de la grandeur de nos peres, euſſions-nous ſervi de triomphe à ces barbares ?

Il ſemble en effet, Kanhuiſcap, que la nature n'ait point de voile pour ces peuples ; ſes actions les plus cachées leur sont connues. Ils lisent au plus haut des Cieux & dans le plus profond des abymes, & il semble qu'il n'appartienne plus à la nature de changer ce qu'ils ont une fois prévu.

LETTRE XVI.

L'Aurois-je pu penſer, Kanhuiſcap, que ces peuples, que la raiſon elle-même ſemble éclairer, fuſſent les eſclaves des ſentiments de leurs ancêtres? Quelque fauſſe qu'elle ſoit, une opinion reçue doit être ſuivie. On ne peut la combattre ſans riſquer d'être taxé au moins de ſingularité.

Le ſentiment naturel, cette voix ſi diſtincte, qui nous parle ſans ceſſe, ce brillant flambeau eſt éteint par un préjugé; c'eſt un tyran qui, pour être haï, n'en eſt pas moins puiſſant: un fourbe qui, pour être connu, n'en eſt pas moins dangereux. Ce tyran cependant ne ſeroit pas difficile à vaincre, s'il n'avoit un ſoutien encore plus dangereux que lui, la ſuperſtition. C'eſt cette fauſſe lumiere qui conduit ici la plûpart des hommes, qui leur fait préférer des opinions fabuleuſes à la force de la vérité. Un homme qui

qui visitera les Temples plusieurs fois dans la journée, s'il y paroît dans une contenance hypocrite & outrée, quelque vice dont il soit la proie, quelque crime qu'il commette, sera généralement estimé ; tandis que le plus vertueux qui aura secoué le joug de ces préjugés, ne s'attirera que des mépris. L'homme d'esprit ne doit point écouter les préjugés. L'homme sans préjugés passe ici pour impie. Il n'est pas permis de n'être ici que ce qu'on appelle sage : il faut ajouter à ce titre celui de dévot, ou l'on vous gratifie du nom de libertin. Les distributeurs de l'estime publique, ces gens si méprisables par eux-mêmes, n'admettent jamais de classe intermédiaire. N'être ni dévot, ni libertin, c'est pour eux un problême ; c'est être à leurs yeux éblouis ce que leurs sont les amphibies, un monstre.

Les Espagnols ont deux Divinités : l'une préside à la vertu, l'autre au crime. Si, sans affectation, vous vous contentez de sacrifier intérieuremens à la premiere on vous taxe bientôt d'adorer l'autre. Ce n'est pas que l'empire du la vertu soit absolu. Ses sujets ont beaucoup à redouter de la part de Dieu du crime. Car ils sont toujours obligés de paroître en public avec des armes propres à le combattre, & qui ne suffisent pas toujours pour lui résister. On arrêta l'autre jour un homme qui avoit commis plusieurs crimes, & l'on disoit hautement qu'il falloit que le diable l'eût conduit à cet excès d'abomination ; il avoit cependant attaché à son col un sorte de cordon qui avoit été consacré par des Cucipatas au Dieu de bonté. Il tenoit d'une main des grains enfilés dans un autre cordon, qui avoit le pouvoir d'éloigner le moteur de ses forfaits, & de l'autre le poignard qui lui avoit servi à les commettre.

Je fus conduit hier dans une grande place, où une quantité prodigieuse de peuple témoignoit une joie extrême, en voyant brûler plusieurs de leurs semblables. L'habit singulier dont ils étoient revêtus, l'air satisfait des ſacrificateurs qui les conduiſoient comme en triomphe, me les firent prendre pour des victimes que ces Sauvages alloient immoler à leurs Dieux. Quel fut mon étonnement, quand j'appris que le Dieu de ces Barbares avoit en horreur, non-ſeulement le ſang des hommes, mais encore celui des animaux ! De quelle horreur ne fus-je pas ſaiſi moi-même, quand je me reſſouvins que c'étoit au Dieu de bonté que des Prêtres déréglés alloient faire ces odieux ſacrifices ? Ces Cucipatas comptent-ils appaiſer leur Dieu ? L'expiation même doit plus l'offenſer que les crimes qui ont pu l'irriter contr'eux. Kanhuiſcap, quelle horreur déplorable !

LETTRE XVII.

LE desir que tu parois avoir de t'instruire, fidele ami, me satisfait autant qu'il m'embarrasse. Tu me demandes des certitudes, des éclaircissements sur des découvertes dont je t'ai fait part; tes doutes sont excusables; mais je ne puis satisfaire à ce que tu exiges. Je l'eusse fait, il y a peu de temps. Je concevois les choses plus aisément que je ne les écrivois, & mon esprit, plus prompt que ma main, trouvoit l'évidence où il ne trouve plus que l'incertitude. Il y a deux jours que je voyois la terre ronde; on me persuade à présent qu'elle est plate. De ces deux idées ma raison n'en admet qu'une indubitable, qui est qu'elle ne peut être à la fois l'une & l'autre. C'est ainsi que souvent l'erreur conduit à l'évidence.

Le Soleil tourne autour de la

terre, me disoit, il y a quelque temps, un de ces hommes qu'on appelle Philosophes. Je le croyois, il m'avoit convaincu. Un autre vint, me dit le contraire; je fis appeller le premier, & m'établis pour juge de leurs différents. Ce que je pus apprendre de leurs disputes, fut qu'il étoit possible que l'un & l'autre planette fissent cette circonvolution, & que l'ancêtre d'un des disputans étoit Alguasil.

Voilà tout ce que m'enseigne le commerce de ces gens, dont la science m'avoit d'abord surpris: l'estime particuliere que l'on fait d'eux, est un de mes étonnemens. Est-il possible qu'un peuple si éclairé fasse tant de cas de personnes qui n'ont d'autre mérite que celui de penser? Il faut que la raison soit quelque chose de bien rare pour lui.

Un homme pense singuliérement, parle peu, ne rit jamais, raisonne toujours: orgueilleux, mais pauvre, il ne peut se faire remarquer par des habits brillans: il y supplée, & se distingue par de vils lambeaux. C'est un Philoſophe, il a le droit d'être imprudent.

Un autre, jeune encore, veut faire de la philoſophie une femme de Cour. Il la cache ſous de riches habits, la farde, la prétintaille : elle eſt enjouée, coquette, les parfums annoncent ſes pas. Les gens accoutumés à juger ſur les apparences, ne la reconnoiſſent plus. Le Philoſophe n'eſt qu'un fat. Le ſoupçonner de penſer, autant vaudroit l'accuſer d'être conſtant.

Zaïs avoit des vapeurs, me diſoit Alonzo : il leur falloit donner un prétexte. La philoſophie en parut un plauſible à Zaïs. Elle n'oublia rien pour paſſer pour Philoſophe. Elle ſe le croyoit déja. Le caprice, la myſanthropie, l'orgueil la mettoient en poſſeſſion de ce titre. Il ne lui manquoit plus que de trouver un amant auſſi ſingulier qu'elle. Elle a réuſſi.

Zaïs & ſon amant composent une Académie. Leur château eſt un obſervatoire. Quoique déja ſur l'âge, dans ſes jardins, Zaïs eſt Flore ; ſur ſon balcon, c'eſt Uranie ; de ſon amant disgracieux, autant que singulier, elle fait un Céladon. Que manque-t-il à un spectacle aussi ridicule? Des spectateurs.

La philosophie, Kanhuiscap, est moins ici l'art de penser, que celui de penser singuliérement. Tout le monde est philosophe; le paroître n'est cependant pas, comme tu vois, une chose facile.

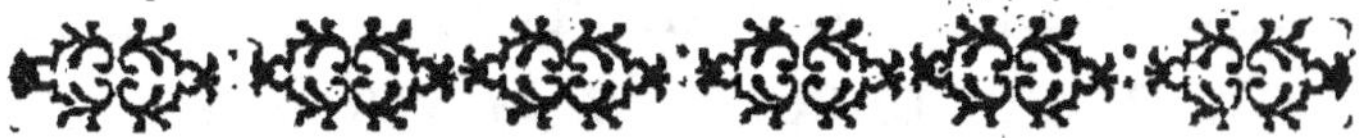

LETTRE XVIII.

DE tout ce qui frappe mes yeux étonnés, Kanhuiſcap, rien ne me ſurprend davantage que la maniere dont les Eſpagnols ſe comportent avec leurs femmes. Le ſoin particulier qu'ils ont de les cacher ſous d'immenſes draperies, me feroit preſque croire qu'ils en ſont plutôt les raviſſeurs que les époux. Quel autre intérêt pourroit les animer, ſi ce n'eſt la crainte que de juſtes poſſeſſeurs ne revendiquent un bien qui leur a été ravi, ou quelle honte trouvent-ils à ſe parer des dons de l'amour.

Ils ignorent, ces barbares, le plaiſir de ſe faire voir auprès de ce qu'on aime, de montrer à l'Univers entier la délicateſſe de ſon choix, ou le prix de ſa conquête, de brûler en public des feux allumés en ſecret, & de voir perpétuer dans mille cœurs des hommages qu'un ſeul ne ſuffit pas pour rendre à la beauté. Zilia! ô ma chere

chere Zilia! Dieux cruels, pourquoi me priver encore de sa vue? Mes regards unis aux siens par la tendresse & le plaisir, apprendroient à ces hommes grossiers, qu'il n'est point d'ornement plus précieux que les chaînes de l'amour.

Je crois cependant que la jalousie est le motif qui porte les Espagnols à cacher ainsi leurs femmes, ou plutôt que c'est la perfidie des femmes qui force les maris à cette tyrannie; la foi conjugale est celle que l'on jure le plus aisément. Faut-il s'étonner qu'on la garde si peu? On voit tous les jours ici deux riches héritiers, s'unir sans goût, habiter ensemble sans amour, & se séparer sans regret. Quelque peu malheureux que te paroisse cet état, il est cependant infortuné. Etre aimé de sa femme, n'est point un bonheur, c'est un malheur que d'en être haï.

La virginité prescrite par la Religion, n'est pas mieux gardée que la tendresse conjugale, ou du moins ne l'est-elle qu'extérieurement.

Il y a ici, de même qu'à la Ville

du Soleil, des filles consacrées à la Divinité. Elles voient cependant les hommes familiérement ; une grille seulement les sépare. Je ne saurois cependant deviner le motif de cette séparation ; car si elles ont assez de force pour garder la vertu au milieu des hommes qu'elles voient continuellement, de quoi sert une grille ? Et si l'amour entre dans leur cœur, quel foible obstacle à lui opposer, qu'une séparation excitante qui laisse agir les yeux & parler le cœur ?

Des especes de Cucipatas sont assidus auprès de ces Vierges qu'on appelle Religieuses ; & sous prétexte de leur inspirer un culte plus pur, ils font naître & excitent chez elles des sentiments d'amour, dont elles sont la proie. L'art qui paroît banni de leur cœur, ne l'est pourtant pas de leurs habits & de leurs gestes. Un pli qu'il faut faire prendre à un voile, un regard humble, une attitude qu'il faut faire étudier, voilà assez pour occuper pendant le quart d'une année, le temps, les peines & même les veilles d'une Religieuse. Aussi les yeux d'une Religieuse en savent-ils plus que les autres yeux. C'est un tableau où l'on voit peints tous les sentiments du cœur. La tendresse, l'innocence, la langueur, le courroux, la douleur, le désespoir, & le plaisir, tout y est exprimé; & si le rideau se baisse un moment sur la peinture, ce n'est que pour laisser le tems de substituer un autre tableau à ce premier. Quelle différence entre le dernier regard d'une Religieuse & celui qui le suit! tout ce manége n'est cependant que l'ouvrage d'un seul homme. Un Cucipatas à la direction d'une maison de Vierges; toutes veulent lui plaire; elles deviennent coquettes, & le Directeur, tel grossier qu'il soit, est forcé à prendre un air de coquetterie. La reconnoissance l'y oblige; & sur de plaire, il cherche encore de nouveaux moyens de se faire aimer, réussit, & se fait pour ainsi dire, adorer. Tu en jugeras par ce trait. On m'a dit qu'une de ces Vierges avoit coëffé de la chevelure d'un Moine l'image du Dieu des Espagnols. On m'a aussi fait part d'une lettre écrite par une Religieuse au Pere T... dont voici à peu près le contenu.

» Jesus ! mon Pere, que vous êtes » injuste ! Dieu m'est témoin que le » Pere Ange ne m'occupe pas un seul » instant, & que loin d'avoir été en- » levée par son Sermon jusques à » l'extase (comme vous me le repro- » chez) je n'étois, pendant ce dis- » cours, occupée que de vous. Oui, » mon Pere, un seul mot de votre » bouche fait plus d'impression sur » mon cœur, sur ce cœur que vous » connoissez si peu, que tout ce » que le Pere Ange pourroit me di- » re pendant des années entieres, » quand même ce seroit dans le pe- » tit parloir de Madame, & qu'il » croiroit s'entretenir avec elle...... » Si mes yeux sembloient s'enflam- » mer, c'est que j'étois avec vous » lorsqu'il prêchoit. Que ne pénétrez- » vous dans mon cœur pour lire » mieux ce que je vous écris ! Ce- » pendant vous êtes venu au par- » loir, & vous ne m'avez pas de- » mandée ; m'auriez-vous oubliée ?

» Ne vous souviendroit - il plus......
» Vous ne me regardâtes pas une
» seule fois hier pendant le Salut.
» Dieu voudroit-il m'affliger au point
» de me priver des consolations que
» je reçois de vous? Au nom de
» Dieu, mon Pere, ne m'abandon-
» nez pas dans la langueur où je suis
» plongée. Je suis à faire pitié, tant
» je suis défaite; & si vous n'avez
» compassion de moi, vous ne recon-
» noîtrez bientôt plus l'infortunée
» Théresa.

» Notre Touriere vous remettra
» un gâteau d'amandes de ma façon.
» Je joints à cette lettre un billet
» que la sœur A..... écrit au Pere
» Dom X.... J'ai eu le secret de l'in-
» tercepter. Je crois qu'il vous amu-
» sera. Ah! que..... L'heure sonne,
» adieu.

Après cela, Kanhuiscap, pourras-tu t'empêcher de convenir que les Espagnols sont aussi ridicules dans leurs amours, qu'insensés dans leurs cruautés. La maison d'Alonzo est, je crois, la seule où régnent la droiture & la saine raison. Je ne ſais cependant que penſer des regards de Zulmires ; trop tendres pour n'être que l'effet de l'art, ils ſont trop étudiés pour être conduits par le cœur.

LETTRE XIX.

PENSER est un métier : se connoître est un talent. Il n'est pas donné à tous les hommes, Kanhuiscap, de lire dans leurs propres cœurs. Des especes de Philosophes ont seuls ici ce droit, ou plutôt celui d'embrouiller ces connoissances. Loin de s'attacher à corriger les passions, ils se contentent de savoir qui les produit : cette science, qui devroit faire rougir les vicieux, ne sert qu'à leur faire voir qu'ils ont un mérite de plus, le talent infructueux de connoître leurs défauts.

Les Métaphysiciens, c'est le nom de ces Philosophes, distinguent dans l'homme trois parties, l'ame, l'esprit & le cœur ; & toute leur science ne tend qu'à savoir laquelle de ces trois parties produit telle ou telle action. Cette découverte une fois faite, leur orgueil devient inconcevable. La vertu n'est, pour ainsi dire, plus faite pour eux ; il leur ſuffit de ſavoir qui la produit. Semblables à ſes gens qui ſe dégoûtent d'une liqueur excellente, à l'inſtant qu'ils apprennent qu'elle vient d'un Pays peu renommé.

C'eſt par le même principe, qu'ennivré d'un ſavoir qu'il croit rare, un Métaphyſicien ne laiſſe point échapper l'occaſion de faire voir ſa ſcience. S'il écrit à ſa Maitreſſe, ſa lettre n'eſt autre choſe que l'analyſe exacte des moindres facultés de ſon ame.

La Maitreſſe ſe croit obligée de répondre ſur le même ton, ils s'embrouillent tous les deux dans des diſtinctions chimériques & des expreſſions que l'uſage conſacre, mais qu'il ne rend point intelligibles.

Les réflexions que tu fais ſur les mœurs des Eſpagnols, te conduiront bientôt à celles que je viens de faire.

Que mon cœur n'eſt-il libre, généreux ami ! je te peindrois avec plus de force des penſées qui n'ont point d'autre ordre que celui que je peux leur donnner dans l'agitation où je ſuis. Le tems approche où mes malheurs vont finir; Zilia enfin va paroître à mes yeux impatiens. L'idée de ce plaisir trouble ma raison. Je vole sur ses pas, je la vois partager mon impatience, mes plaisirs; de tendres larmes coulent de nos yeux; réunis après nos malheurs, quel trait douloureux a passé dans mon ame, Kanhuiscap! dans quel état affreux va-t-elle me trouver? Ville esclave d'un barbare, dont elle porte peut-être les fers à la Cour d'un vainqueur orgueilleux, reconnoîtra-t-elle son amant? Peut-elle croire qu'il respire encore? Elle est dans l'esclavage. Croira-t-elle que des obstacles assez forts ont pu, Kanhuiscap........ Que dois-je attendre? Quel sort m'est réservé? Quand j'étois digne d'elle, Dieu cruel, tu l'arrachas de mes bras, ne me feras-tu retrouver en elle qu'un témoin de plus de mon ignominie? Et toi qui me rends l'objet de mon amour, élément barbare, me rendras-tu ma gloire?

LETTRE XX.

Quel Dieu cruel m'arrache à la nuit du tombeau ; quelle pitié perfide me fait revoir le jour que je déteste ! Kanhuiscap, mes malheurs renaissent avec mes jours, & mes forces augmentent avec l'excès de ma tristesse........ Zilia n'est plus........ O désespoir affreux ! O cruel...! Zilia n'est plus..... & je respire encore, & mes mains, que ma douleur devroit enchaîner, peuvent encore former ces nœuds que le trouble conduit, les larmes arrosent & le désespoir t'envoie.

En vain le Soleil a parcouru le tiers de sa course depuis que tu as déchiré mon cœur avec le trait le plus funeste. En vain l'abattement, l'inexistance ont captivé mon ame jusqu'à ce jour. Ma douleur, inutilement retenue, n'en devient que plus vive. J'ai perdu Zilia. Une espace immense de tems semble nous séparer,

& je la perds encore en ce moment. Le coup affreux qui me l'a ravie, l'élément perfide qui l'a renferme, tout se présente à ma douleur. Sur des flots odieux je vois élever Zilia; le Soleil s'obscurcit d'horreur dans des abymes profonds; la mer qui s'ouvre, cache son crime à ce Dieu; mais elle ne peut me le dérober. A travers les eaux, je vois le corps de Zilia, ses yeux......... son sein..... une pâleur livide. Ami!...... mort inexorable! ...... mort qui me fuit...... Dieux, plus cruels dans vos bontés, que dans vos rigueurs! Dieux! qui me laissez la vie, ne réunirez-vous jamais ceux que vous ne pouvez séparer?

En vain Kanhuiscap, j'appelle la mort; on l'éloigne de moi, la barbare est sourde à ma voix, & garde ses traits pour ceux qui les évitent.

Zilia, ma chere Zilia, entends mes cris, vois couler mes pleurs! Tu n'es plus, je ne vis que pour en répandre; que ne puis-je me noyer dans le torrent qu'elles vont former........! Que ne puis-je......... !

Quoi ! tu n'es plus , ame de mon ame ! ...... Tu...... Mes mains me refusent leur secours......... Ma douleur m'accable....... L'affreux désespoir...... des larmes....... l'amour....... un froid inconnu...... Zilia..... Kanhuiscap ..... Zilia.....

LETTRE XXI.

QUEL va être ton étonnement, Kanhuiſcap, lorſque ces nœuds que ma main peut à peine former, t'apprendront que je reſpire encore ! Ma douleur, mon déſeſpoir, le temps que j'ai paſſé ſans t'inſtruire de mon ſort, tout a dû t'en confirmer la fin. Termine des regrets dus à l'amitié, à l'eſtime, au malheur ; mais que le jour dont je jouis encore, ne te faſſe pas déplorer ma foibleſſe ; vainement la perte de Zilia devroit être celle de ma vie ; les Dieux qui ſembloient devoir excuſer le crime qui m'eût donné la mort, m'ont ôté la force de le commettre.

Abattu par la douleur, à peine ai-je ſenti les approches d'une mort qui alloit enfin terminer mes malheurs. Une maladie dangereuſe accabloit mon corps, & m'eût conduit au tombeau, ſi le funeſte ſecours d'Alonzo n'eût reculé le terme de mes jours.

Je reſpire, mais ce n'eſt que pour être la proie des tourments les plus cruels. Tout m'importune dans l'état affreux où je ſuis. L'amitié d'Alonzo, la douleur de Zulmire, leurs attentions, leurs larmes, tout m'eſt à charge. Seul avec moi-même, au milieu des hommes qui m'environnent, je ne les apperçois que pour les fuir. Puiſſe, Kanhuiſcap, un ami moins malheureux te récompenſer de ta vertu! Amant trop infortuné pour être ami ſenſible, puis-je goûter les douceurs de l'amitié, quand l'amour me livre aux plus cruelles douleurs?

LETTRE XXII.

ENFIN l'amitié me rend à toi, à moi-même, Kanhuiſcap; trop touché de mes maux, Alonzo a voulu les diſſiper ou du moins partager avec moi ma triſteſſe. Dans ce deſſein il m'a conduit dans une maiſon de campagne à quelques lieues de Madrid. C'eſt-là que j'ai goûté le plaiſir de ne rencontrer rien qui ne répondît à l'abattement de mon cœur. Un bois voiſin du Palais d'Alonzo, a été long-temps le dépoſitaire de mes triſteſſes ſecretes. Là, je ne voyois que des objets propres à nourrir ma douleur. Des rochers affreux, de hautes montagnes dépouillées de verdure, des ruiſſeaux épais qui couloient ſur la bourbe : des pins noircis, dont les triſtes rameaux ſembloient toucher les Cieux, des gazons arides, des fleurs deſſéchées, des corbeaux & des ſerpens, y étoient les ſeuls témoins de mes pleurs.

Alonzo ſut bientôt m'arracher, malgré moi, de ces triſtes lieux. Ce fut alors que je vis combien les maux ſont ſoulagés quand on les partage, & combien je devois aux tendres ſoins de Zulmire & d'Alonzo. Où prendrai-je des couleurs aſſez vives pour te peindre, Kanhuiſcap, la douleur que leur cauſe mes malheurs? Zulmire, la tendre Zulmire les honore de ſes larmes! Peu s'en faut que ſa triſteſſe n'égale la mienne. Pâle, abattue, ſes yeux s'uniſſent aux miens pour verſer des pleurs, tandis qu'Alonzo déplore mon infortune.

LETTRE XXIII.

ZULMIRE, dont les ſoins étoient tous pour le malheureux Aza, Zulmire qui partageoit mes maux, qui trembloit pour mes jours, va finir les ſiens : chaque inſtant augmente ſes dangers, & diminue ſa vie.

Cédant enfin à la tendreſſe, aux prieres de ſon pere, gémiſſant à ſes pieds, ſans eſpoir de la ſecourir, & plus encore peut-être aux mouvements de ſon cœur, Zulmire a parlé. C'eſt moi, c'eſt Aza, que l'infortune ne peut abandonner, qui porte la mort dans ſon ſein. C'eſt ce malheureux dont le cœur déchiré ne reſpire que par le déſeſpoir, & dont l'amour à changé tout le ſang en un poiſon cruel.

Je ravis Zulmire à ſon pere, à mon ami ; elle m'aime, elle meurt ; Alonzo va la ſuivre, Zilia ne vit plus.

J'ai ſenti tes douleurs, viens partager mes peines, (m'a dit ce pere désolé, viens me rendre, & ma vie & ma fille, malheureux, dont je plains l'infortune dans l'inſtant même où je viens te prier de ſoulager la mienne. Sois ſenſible à l'amitié, tu le peux. La plus belle des vertus ne ſauroit nuire à ton amour. Viens, ſuis-moi. A ces maux qui terminerent ſes ſanglots précipités, il me conduit dans l'appartement de ſa fille. Attendri, accablé, j'entre en frémiſſant. La pâleur de la mort étoit répandue ſur ſes traits; mais ſes yeux éteints ſe raniment à ma vue : il ſemble que ma préſence redonne la vie à cette infortunée.

Je meurs, (me dit-elle d'une voix entrecoupée, je ne te verrai plus. Voilà tous mes regrets. Du moins, Aza, avant ma mort, je puis te dire que je t'aime. Je puis... oui, ſouviens-toi que Zulmire emporte au tombeau l'amour qu'elle n'a pu te cacher, ſes regards que ſon cœur ont décélés tant de fois : ton indifférence enfin....... je ne t'en fais point de reproche, ta ſenſibilité m'auroit prouvé ton inconſtance. Tout entier à une autre, la mort n'a pu t'en ſéparer, elle ne m'ôtera jamais l'amour que j'ai pour toi. Je la préfere à la guériſon d'un mal que je cheris; d'un mal... Aza.... Elle me tend une de ſes mains; mais ſes forces l'abandonnent, elle tombe, ſes yeux ſe ferment; mais tandis que je me reproche ſa mort, que je joins mes ſoins à ceux de ſon pere déſeſpéré, d'autres ſecours la rappellent à la vie. Ses yeux ſont rouverts, & quoiqu'éteints encore, s'attachent ſur moi, & me peignent l'amour le plus tendre. Aza! Aza! me dit-elle encore, ne me haïſſez point. Je me jette à ſes genoux, touché de ſon ſort. Une joie ſubite éclate dans ſes regards; mais ne pouvant ſoutenir tous les mouvements que ſon ame éprouve, elle retombe, l'on m'entraîne pour lui ſauver des agitations dangereuſes.

Que peux-tu penſer, Kanhuiſcap, des nouveaux malheurs dont je ſuis la proie? de la peine cruelle que je répands ſur ceux à qui je dois tout?

Cette nouvelle douleur vient ſe joindre à celles qui m'accompagnent dans les triſtes déſerts, où l'amour, la mort & le déſeſpoir me ſuivent ſans ceſſe.

LETTRE XXIV.

AMI, le ſort d'Alonzo eſt changé. La douleur qui m'accabloit a fait place à la joie. Zulmire prête à deſcendre au tombeau, eſt rappellée à la vie. Ce n'eſt plus cette Zulmire que la langueur réduiſoit au trépas ; ſes yeux ranimés font briller ſes graces & ſa beauté, dont ſa jeuneſſe eſt parée.

Tandis que j'admire ſes charmes renaiſſans, le croiras-tu ? Loin de me parler de ſon amour, il ſemble au contraire qu'elle ſoit confuſe de l'aveu qui lui eſt échappé. Ses yeux ſe baiſſent toutes les fois qu'ils rencontrent les miens. Mes peines ſont ſuſpendues; mais, hélas! que ce calme eſt court! Zilia! ma chere Zilia, puis-je me ſouſtraire à ma douleur? pardonne moi les inſtants que je lui ai dérobés. Je lui conſacre déſormais tous ceux que me laiſſe mon infortune.

Ne crois pas, Kanhuiſcap, que les craintes qu'Alonzo me témoigne pour Zulmire, puiſſent ébranler ma conſtance. En vain il me représente l'empire d'Aza sur le cœur de sa fille, la joie que lui causeroit notre union, la mort qui suivra notre séparation; je me tais devant ce pere malheureux. Mon cœur, fidele à ma tendresse, est ferme, inébranlable pour Zilia. Non, c'est en vain qu'Alonzo prêt à partir pour cette terre infortunée qui ne verra plus Zilia, m'offre le pouvoir que son injuste Roi lui donne sur mes peuples. C'est reconnoître un tyran, que de se servir de sa puissance. Les chaines peuvent accabler mon bras, mais elles ne captiveront jamais mon cœur. Jamais je n'aurai pour le chef barbare des Espagnols, que la haine que je dois au maître d'un peuple qui causa mes malheurs & ceux de ma triste Patrie.

LETTRE XXV.

MEs yeux ſont ouverts, Kanhuiſcap, les feux de l'amour cédent, ſans s'éteindre, au flambeau de la raiſon.

O flammes immortelles, qui brûlez dans mon ſein amoureux! Zilia, toi dont rien ne peut me ravir l'image qu'un deſtin fatal m'arrache pour jamais, ne vous offenſez point, ſi le deſir de vous venger m'exite à vous trahir!

Ne me dis plus, Kanhuiſcap, ce que je dois à mes peuples, à mon pere : ne me parle plus de la tyrannie des Eſpagnols. Puis-je oublier mes malheurs & leurs crimes? Ils m'ont couté trop cher. Ce ſouvenir cruel irrite ma fureur. C'en eſt fait, j'y conſens, je vais m'unir à Zulmire. Alonzo, je te l'ai promis. Eſt-ce donc un crime de laiſſer à Zulmire une erreur qui lui eſt chere? Elle croit triompher de mon cœur. Ah! loin de la désabuser, qu'elle jouisse de son bonheur imaginaire, qu'elle.... Ce n'est que par ce moyen que je puis venger, & mes peuples opprimés, & moi-même. Dès l'instant de notre union je serai conduit à la terre du Soleil, à cette terre désolée, dont tu me traces les malheurs. C'est-là que je ferai éclater la vengeance dont je dérobe encore les violents transports. C'est sur une Nation perfide que vont tomber ma fureur & mes coups. Réduit à la bassesse d'un vil esclave, à feindre enfin pour la premiere fois, j'irai punir les Espagnol de ma trahison & de mes forfaits, tandis que la famille d'Alonzo éprouvera tout ce que peut un cœur reconnoissant, & les hommages que l'on doit rendre à la vertu.

LETTRE XXVI.

SI tu étois un de ces hommes que le ſeul préjugé conduit, je me peindrois ta ſurpriſe, lorſque tu apprendras d'un Incas qu'il n'adore plus le Soleil. Je te verrois déja te plaindre à cet aſtre de la lumiere qu'il me laiſſe, & à toi-même des ſoins dont tu accompagnes tes ſentiments. Tu t'étonnerois que, parjure à mon Dieu, l'amitié, cette vertu que le crime ignore, puiſſe demeurer dans mon ſein. Mais raſſuré contre des préjugé que l'on t'avoit fait prendre pour des vertus, tu ne gardes d'un Péruvien que l'amour de la Patrie, de la vertu & de la franchiſe. J'attends de toi des reproches plus juſtes. Tu t'étonnes peut-être avec raiſon, de me voir abandonner un culte qui m'a paru groſſier, pour une Religion dont je t'ai fait voir les contradictions. Je me ſuis fait cette objection à moi-même; mais quelle a été bientôt levée, quand j'ai appris que c'étoit ce Dieu, qui étoit l'auteur de notre vie, qui avoit dicté cette loi, dont j'avois eu l'audace de blâmer la conduite. Qu'importe, en effet, qu'un honneur soit ridicule, s'il est exigé par celui à qui l'on le rend? C'est par ce principe que je n'ai point rougi de me conformer à des usages que j'avois condamnés. Que les ouvrages des Dieux sont respectables! qu'ils sont grands! Si tu pouvois lire, Kanhuiscap, les livres divins qui m'ont été confiés, quelle sagesse, quelle majesté, quelle profondeur n'y trouverois-tu point! Tu y reconnoîtrois aisément l'ouvrage de la Divinité. Ces contradictions invincibles que je trouvois d'abord dans la conduite de ce Dieu, y sont évidemment justifiées. Il n'en est pas de même de la conduite des hommes envers leur Dieu.

Ne crois pas qu'aussi crédule que nous le sommes d'ordinaire, je tienne ce que je t'écris du seul raport d'un Prêtre. J'ai toujours trop reconnu le mensonge de nos Cucipatas pour ajouter foi aux fables de leurs ſemblables.

Le haut rang qu'ils tiennent chez toutes les Nations, les engagent à les tromper, & leur grandeur n'eſt ſouvent fondée que ſur l'erreur des peuples embitieux ; il leur en coûteroit trop, s'il falloit que la vertu leur donnât l'empire du monde ; ils aiment mieux le devoir à l'impoſture.

LETTRE XXVII.

C'EN eſt fait, Kanhuiſcap, Zulmire m'attend. Je marche à l'Autel. déja tu m'y vois ; mais vois-tu les remorts qui m'y accompagnent ? Vois-tu les Autels tremblants à la vue du parjure, l'ombre de Zilia ſanglante, indignée, éclairant cet hymnée d'un lugubre flambeau ? entends-tu ſa voix lamentable ? « Eſt-ce là dit-elle, » cette foi que tu m'avois jurée, per- » fide, cet amour qui doit encore ani- » mer nos cendres ? Tu m'aimes, dis- » tu, tu ne donne que ta main à Zul- » mire. Tu m'aimes, perfide, & tu » donne à un autre un bien dont je n'ai » pu jouir. Si je vivois encore ... » Quelles furies, Kanhuiſcap, ne déchirent point mon ſein ! Je vois Zulmire abuſée, me demander un cœur ſur qui elle a des droits légitimes. Mon pere & mes peuples accablés ſous un joug cruel, regrettent en moi leur libérateur. Je vois ma promeſſe enfin ... Je cours y ſatisfaire.

LETTRES XXVIII.

ZILIA respire. Quel meſſager aſſez prompt pourra porter juſqu'à toi l'excès de ma joie ? Kanhuiſcap, toi qui reſſentis mes malheurs, jouis des tranſports de mon ame. Que les flammes qui l'embraſent volent & portent dans ton ſein l'excès de ma félicité.

La mer, nos ennemis, la mort .... non, rien ne m'a ravi l'objet de mon amour. Elle vit, elle m'aime, juge de mes tranſports.

Conduite dans un état voiſin en France, Zilia n'a éprouvé d'autre malheur que celui de notre ſéparation, & de l'incertitude de mon ſort. Combien les Dieux protegent la vertu ! Un généreux François l'a délivrée de la barbarie des Eſpagnols.

Tout étoit prêt pour m'unir à Zulmire. J'allois, ô Dieu ! . . . quand j'appris que Zilia vivoit, qu'elle alloit me rejoindre. Nul obſtacle ne peut la retenir ; je la verrai. Sa bouche me répétera les tendres ſentimens que ſa main a tracés ; je pourrai à ſes pieds . . . . . Ciel ! je tremble d'un projet qui cauſe toute ma joie. Mon bonheur m'aveugle. Zilia viendroit au milieu de ſes ennemis ! De nouveaux dangers .... ! Elle ne partira point. Je vais la prévenir. Qui pourroit m'arrêter ? Alonzo, Zulmire, les Dieux ont dégagé ma foi. Zilia reſpire. Je la reçois des mains de la vertu. En vain la reconnoiſſance, l'eſtime, l'amitié la portoient à répondre aux ſentiments de Déterville ſon libérateur ; elle leur oppoſoit notre amour, & le forçoit à reſpecter nos feux. Combat glorieux ! effort que j'admire ! Déterville étouffe ſon amour, il oublie les droits qu'il a ſur elle ; apprends ſa générosité, il nous réunit.

Zilia, Zilia... je vais jouir de mon bonheur. Je vole te prevenir, te voir, & mourir de plaiſir à tes pieds.

LETTRE XXIX.

N'ACCUSE, ami, que Zilia de mon silence. Je l'ai vue, je n'ai vu qu'elle : n'atends pas que je t'exprime les transports, les ravissements où me livra le premier moment qui l'offrit à ma vue ; il faudroit pour les sentir, aimer Zilia comme je l'aime. Falloit-il que des tourments inconnus vinssent troubler une félicité si pure ?

Du sein des plaisirs au comble des douleurs il n'y a donc point d'intervalle. Après tant de voluptés, mille traits déchirent mon cœur. Ma tendresse m'est odieuse, & quand je veux ne point aimer, je sens toute la fureur de l'amour.

J'ai pu soutenir la douleur de la perte de Zilia, je n'ai pu supporter celle que j'envisage. Elle ne m'aimeroit plus . . . . O pensée accablante ! Lorsque je parus à ses yeux, l'amour versa dans mon ame, d'une main les plaisirs, de l'autre la douleur.

Dans les premiers transports d'un bonheur dont je ne puis t'exprimer même la douceur du souvenir, Zilia s'est échapée de mes bras pour lire une lettre qu'une jeune personne qui m'avoit conduit, lui avoit donnée. Inquiete, troublée, attendrie, les larmes qu'elle venoit de donner à la joie, ne couloient déja plus que pour la douleur. Elle en inondoit cette lettre fatale. Ses larmes me faisoient craindre pour elle des malheurs; l'ingratte goûtoit des plaisirs; la douleur que je partageois étoit le triomphe de mon rival. Déterville, ce libérateur, dont les lettres de Zilia m'ont répété tant de fois les éloges, avoit écrit celle-ci. La passion la plus vive l'avoit dictée; en s'éloignant d'elle, après lui avoir rendu son rival, il mettoit le comble à sa générosité & à la douleur de Zilia. Elle sut me l'expliquer avec une vivacité, & des expressions au-dessus de la reconnoissance. Elle me força d'admirer des vertus qui, dans cet instant cruel, me donnoient la mort. D'un froid inébranlable ma douleur alors emprunta le secours. Je me dérobai bientôt à Zilia. Rempli de mon désespoir, rien ne peut plus m'en délivrer. Chaque réflexion que je fais est une douleur. Elle m'arrache mon espérance, mon bonheur. Je perdrois le cœur de Zilia, ce cœur .... idée que je ne puis soutenir, mon rival seroit heureux. Ah! c'est trop que de sentir qu'il mérite de l'être.

Jalousie affreuse, tes serpents cruels se sont glissés dans mon cœur. Mille craintes de noirs soupçons.... Zilia, ses vertus, sa tendresse, sa beauté, mon injustice peut-être, tout m'agite, me tourmente, me perd. Ma douleur se cache en vain sous une tranquillité apparente. Je veux parler, me plaindre, éclater en reproches, & je me tais. Que dire à Zilia? Puis-je lui reprocher l'amour qu'elle inspire à Déterville que la vertu conduit? Elle ne partage pas sa tendresse.

Mais pourquoi lui prodiguer des louanges, répéter ſans ceſſe ſon éloge..... Amour.... ſource de mes plaiſirs, devois-tu l'être de mes maux?

LETTRE XXX.

OU ſuis-je, Kanhuiſcap? quels tourments traînai-je après-moi? Mon ame eſt embraſée de la plus cruelle fureur. Zilia, la perfide Zilia, pâle inquiete, ſoupire de l'abſence de mon rival; Déterville en fuyant remporte la victoire. Ciel! ſur qui tombera ma rage? il eſt aimé, Kanhuiſcap, tout me l'apprend. La barbare ne cherche point à me cacher ſon infidélité. Reſtes encore précieux de l'innocence, lorſquelle connoît le crime, elle déteſte l'impoſture. Je lis ſon parjure dans ſes yeux. Sa bouche même oſe l'avouer, en répétant ſans ceſſe ce nom que j'abhorre. Où fuir? je ſouffre près de Zilia des tourments affreux, & loin d'elle je meurs.

Quand ſéduit par la douceur de ſes regards, elle répand pour un iſtant quelque tranquillité dans mon ame, je crois en être aimé. Ce plaiſir me plonge dans un raviſſement qui m'interdit. Je reviens. Je veux parler. Je commence, m'interromps, me tais. Les ſentiments qui ſe ſuccedent tour à tour dans mon cœur, me troublent, m'égarent. Je ne puis m'exprimer; un ſouvenir funeſte, Déterville, un ſoupir de Zilia, raniment des tranſports que je veux calmer envain. Les ombres même de la nuit ne peuvent me dérober à leur violence. Si je me livre un moment au ſommeil, Zilia infidelle vient m'en arracher. Je vois Déterville à ſes pieds, elle l'écoute avec plaiſir. L'affreux ſommeil fuit loin de moi. La lumiere m'offre des douleurs nouvelles. Toujours livré à la fureur de la jalouſie, ſes feux ont déſéché juſqu'à mes larmes. Zilia, Zilia, quels maux naiſſent de tant d'amour! Je t'adore, je t'offenſe. Dieu! je te perds.

LETTRE XXXI.

ZILIA ! Amour, Déterville, funeste jalousie ! Quel égarement ! Un nuage me dérobe les noms que je trace, Kauhuiscap ; je ne me connois plus ; dans la fureur de la plus noire jalousie, je me suis armé des traits dont j'ai frappé le cœur de Zilia. Elle écrivoit à Déterville ; sa lettre étoit encore dans ses mains. Un moment funeste a troublé ma raison. J'ai formé le plus indigne projet ...... Ma parole, la Religion que j'ai embrassée, tout m'a servi. Les prétextes les plus vains m'ont paru des loix d'équité pour abandonner Zilia. J'en ai prononcé l'arrêt avec barbarie. Des adieux cruels ..... Quel moment? ... Ai-je pu ? Oui, Kanhuiscap, j'ai fui Zilia. Zilia à mes pieds, ses sanglots, les miens prêts à s'y confondre, Déterville, quel souvenir ! Furieux j'ai fui de ses bras. Mais bientôt vainement obstiné, je veux la revoir. Tout s'y oppose, je n'ose résister. Dieu ! qu'ai-je fait ? que la honte est accablante ! que le repentir est affreux !

LETTRE XXXII.

CESSE de t'étonner de la longueur de mon ſilence. L'état cruel de mon cœur m'a-t-il permis de t'inſtruire plutôt de mon ſort ? Ne crois pas que, déchiré de remords, je me reproche encore de trop juſtes ſoupçons. C'eſt Zilia, c'eſt ſon perfide cœur, & non pas le mien, qu'ils doivent dévorer. Oui, Kanhuiſcap, ſes ſoupirs, ſes pleurs & ſes cris n'étoient que l'effet de la honte, traces que la vertu qui fuit laiſſe encore dans les cœurs. C'eſt pour les effacer que la cruelle a refuſé de me revoir. Son obſtination m'a forcé de m'éloigner. Retiré à l'extrémité de la même Ville, ignoré des hommes, tout entier à ma douleur & à mon infortune, je m'efforce d'oublier l'ingrate que j'adore. Soins inutiles ! L'amour malgré nous ſe gliſſe dans nos cœurs, & malgré nous le cruel y demeure. En vain je veux le chaſſer. La jalouſie l'y nourrit. Si je veux en bannir la jalousie, l'amour l'y retient. Jouet déplorable de ces deux passions, mon ame est partagée entre la tendresse & la fureur. Tantôt je me reproche mes soupçons, & tantôt mon amour. Puis-je adorer une ingrate ? Puis-je oublier celle que j'adore ? Mais quelque amour que j'aie pour elle, rien ne peut l'excuser. Que ne m'a-t-elle haï ! On pardonne la haine, & non pas la perfidie.

Les soins & l'amitié d'Alonzo ont su découvrir la retraite où la douleurs & tous les maux destructeurs de notre être me retiennent. Zulmire m'accable de reproches, elles vient de m'écrire. Je suis à ses yeux un ingrat que ma parole, que ses larmes ne peuvent rappeller. Je ne l'ai enlevée des bras de la mort, que pour la livrer à des tourments plus cruels. Elle veut, dit-elle, venir en France signaler sa fureur & mon parjure, venger son pere & son amour. Chaque mot de sa lettre est un trait qui me perce le cœur. Je sens trop la force du désespoir pour n'en pas craindre les effets. Zilia est l'objet infortuné

tuné de sa rage. C'est teinte de son sang qu'elle veut paroître à mes yeux. Dieux! vengeurs des forfaits, est-ce donc au crime que vous laissez le soin de la punir.

Arrête, Zulmire, épuise sur moi tous tes coups. Laisse jouir l'ingrate d'une vie dont les remords feront les châtiments. C'est ainsi que tu peux signaler ta vengeance & la mienne. Mais, ô Dieu, dans les bras d'un rival..... Je frémis, malheureux que je suis! je tremble pour elle, quand l'ingrate me trahit. Retenu par les maux dont je suis accablé, mon corps succombe à sa foiblesse, tandis que la perfide, triomphant même de ses remords, rappelle mon rival.... Infortuné! Je suis.... Je vis encore! Quel malheur d'exister à qui ne respire que par la douleur!

LETTRE XXXIII.

QU'AI-JE dit ? Quelle horreur m'environne ! Apprends ma honte, Kanhuiscap, &c, s'il se peut, mes remords avant mon crime. Odieux à moi-même, je vais le devenir à tes yeux. Cesse de plaindre mes malheurs. Mets-y le comble par ta haine.

Zilia n'est point coupable. Ce souvenir même est pour elle un outrage : tu connois mes soupçons ; leur injustice t'aprend mes malheurs. Ils ne s'épuisent jamais, il en est toujours d'imprévus. Après la perfidie de Zilia, aurois-tu pensé que le Ciel eût pu me livrer à de nouveaux tourments ? Aurois-tu cru que ce qui devoit faire mon bonheur, son innocence, fut la source la plus amere de mes maux ?

A quel égarement m'étois-je donc livré ? Quelles ténebres obscurcissoient ma raison ? Zilia auroit pu me trahir ! j'ai pu le penser ! Elle ne veut plus me voir : mon souvenir lui est odieux : elle m'a trop aimé pour ne me pas haïr. Abandonné à mon malheur affreux, l'amitié, la confiance, rien n'adoucit mes tourments. J'empoisonne ton cœur de leur amertume, & le mien n'est point soulagé.

En vain Zulmire, revenue de sa fureur, m'apprend qu'elle la sacrifie à mon repos & à ma félicité. Retirée dans une maison de Vierges, elle consacre à son Dieu, à mon bonheur, sa vie & ses plus beaux jours.

Zulmire, généreuse Zulmire, renonce à ta vengeance, Ah ! si ton cœur étoit barbare, qu'il seroit satisfait de mes cruelles infortunes !

Ce n'est donc qu'à moi, qu'à la bassesse de mes sentiments, que je dois les maux que j'endure. Il ne manquoit à mes malheurs que d'en être moi-même la cause ; je le suis. Zilia m'aimoit, je la voyois, mon bonheur étoit certain. Sa tendresse, ses sentiments, ma félicité devoient-ils être sacrifiés à de lâches soupçons ? O désespoir affreux ! j'ai fui Zilia. C'est moi...... généreux ami, conçois-tu l'état où je ſuis ? Le conçois-je moi-même ? Les regrets, l'amour, le déſeſpoir, pour le dévorer, ſe diſputent dans mon cœur.

LETTRE XXXIV.

A ZILIA.

LA crainte de te déplaire retient encore sous mes mains tremblante les nœuds que je forme. Ces nœuds qui firent ta consolation, tes plaisirs, Zilia, ne sont plus tissus que par la douleur & le désespoir.

Ne crois pas qu'à tes yeux je veuille dérober mon crime. Déchiré du repentir de t'avoir crue infidelle, comment oserois-je m'en justifier? Mais n'en suis-je point assez puni! Quels remords! ...... Les remords d'un amant qui t'adore. Ah! tu veux me haïr. N'ai-je pas plus mérité tes mépris que ta haine?

Retrace-toi un moment toutes mes infortunes. De barbares ennemis t'arracherent à mon amour à l'instant qu'il alloit être couronné. Armé pour ta défense, je succombai sous leurs indignes fers. Conduit dans ſeur patrie, les mers qui m'y porterent, ſoutinrent, il eſt vrai, un tems toutes mes eſpérances. Mon cœur flottoit avec toi. Je n'ai vécu que par l'eſpoir qu'elles entretenoient. Tes raviſſeurs engloutis me plongerent dans l'erreur la plus cruelle. Le néant, où je t'ai crue, n'a point détruit ma tendreſſe. La douleur augmente l'amour. Je mourois pour te ſuivre. Je n'ai vécu que pour te venger. J'ai tout tenté, j'allois immoler jusqu'à mes ſerments, m'unir enfin, malgré mille remords, à une Eſpagnole, acheter à ce prix ma liberté & ma vengeance, quand tout à coup, ô bonheur ineſpéré! j'apprends que tu reſpires, que tu m'aimes. O ſouvenir trop doux! je vole à toi, au bonheur le plus pur, le plus vif...... Vain eſpoir, cruels revers! A peine eus-je ſenti les premiers tranſports que m'inſpiroit ta vue, qu'un fatal poiſon, dont ton cœur trop pur ignore les atteintes, la jalouſie ſe gliſſa dans mon ame. Ses plus cruels ſerpents ont dévoré mon cœur, ce cœur qui n'étoit fait que pour t'aimer.

La plus belle des vertus, la reconnoissance, a été l'objet de mes soupçons. Ce que tu devois à Déterville, j'ai cru qu'il l'avoit obtenu, que ta vertu avoit pu se confondre avec ton devoir. J'ai cru.... Ce sont ces funestes idées qui troublérent nos premiers plaisirs. Tu n'as pu dans le sein de l'amour oublier l'amitié. J'y oubliai la vertu. Les éloges de Déterville, sa lettre, les sentiments qu'elle exprimoit, les troubles qu'elle te causoit, la douleur que tu témoignois de la perte de ton libérateur, j'attribuai tout au sentiment que j'éprouvois, que j'éprouve encore, à l'amour.

Je cachai dans mon sein les feux qui le consumoient. Quels furent leurs progrès! Des soupçons je passai bientôt à la certitude de la perfidie. Je songeai, à t'en punir. Les reproches m'entraînoient trop pour les employer, je ne t'en trouvois pas digne. Je ne dissimule point mes crimes, la vérité m'est aussi chere que mon amour.

J'ai voulu retourner en Espagne,

remplir une promesse dont mes premiers serments m'avoient dégagé; ce repentir suivit bientôt l'emportement qui t'avoit annoncé mon forfait. Je tentois vainement de te désabuser d'une résolution que l'amour avoit détruite aussi-tôt que formée. Ton obstination à ne me point voir, ralluma ma fureur. Livré de nouveau à la jalousie, je me suis éloigné de toi ; mais loin d'aller à Madrid consommer un crime que mon cœur déteſtoit, ainsi qu'on a voulu te le persuader pour m'effacer du tien, accablé sous le faix de mes malheurs, j'ai cherché dans la solitude, dans l'éloignement des hommes, une paix que la seule tranquillité du cœur peut donner. Abattu par mes douleurs, mon corps a succombé sous le poids de mes maux. Long-temps éloigné de toi, malgré moi-même, te l'avouerai-je, Zilia, je n'ai conservé de force que pour t'outrager. Je te voyois, satisfaite de ma fuite, rappeller mon rival. Je te voyois...... Hélas ! tu connois mon offense ; mais tu n'en connois pas le châtiment : il surpasse mon cri-

me

me. Ah! Zilia, si l'excès de l'amour pouvoit l'effacer, non, je ne serois plus coupable. Ne crois pas que je cherche à émouvoir pour moi ta pitié, c'est trop peu pour ma tendresse. Rends-moi ton cœur, Zilia, ou ne m'accorde rien.

Ecoute l'amour qui doit parler encore dans ton cœur, laisse-moi près de toi rallumer des feux que ta juste colere s'efforce d'étouffer. Des cendres de l'amour que tu sentis pour Aza, je saurai recouvrer quelque étincelle.

Zilia, Zilia, ordonne de mon sort! je t'ai fait l'aveu de mon crime. Si ton pardon ne l'efface, il doit être puni. Ma mort en sera le châtiment. Trop heureux, cruelle, si je pouvois du moins expirer à tes pieds!

LETTRE XXXV.

& derniere.

A KANHUISCAP.

En frappant tes ſens de ſurpriſe, que ne puis-je faire paſſer dans ton cœur la joie que je ſens éclater dans le mien ! O bonheur ! ô tranſports Kanhuiſcap, Zilia me rend ſon cœur. Elle m'aime. Egaré dans les raviſſements de ma tendreſſe, je répands à ſes pieds les plus douces larmes. Ses ſoupirs, ſes regards, ſes tranſports, ſont les ſeuls interpretes de notre amour & de notre félicité.

Peins-toi, ſi tu le peux, nos plaiſirs ; cet inſtant toujours préſent à mes yeux, cet inſtant.... Non, je ne puis t'exprimer tant d'amour, de trouble & de plaiſir.

Ses yeux, ſon teint animé me peignoient ſont amour, ſa colere, ma honte..... Elle pâlit ; foible, ſans voix, elle tombe dans mes bras; mais ainsi que les flammes excitées par les vents, mon cœur agité par la crainte, brûle avec plus de violence. Ma bouche, appuyée sur son sein, lui rendit par mes feux ceux de sa vie, consondus dans la mienne. Elle meurt & renaît à l'instant.... Zilia! ma chere Zilia! dans quelle ivresse de bonheur plonges-tu l'heureux Aza! Non, Kanhuiscap, tu ne peux concevoir notre bonheur. Viens en être témoin. Rien ne doit manquer à ma félicité. Le François qui te remettra ma Lettre, sera secondé pour te conduire ici. Tu verras Zilia. Ma félicité s'accroît à chaque instant. Le recit de nos plaisirs, ainsi que celui de nos infortunes, (qu'elles sont loin de nous!) est parvenu jusqu'au trône. Les généreux Monarque des François ordonne que les Vaisseaux qui vont combattre les Espagnols dans nos mers, nous conduisent à Quito. Nous allons revoir notre patrie, ces tristes lieux si chers à nos désirs, ces lieux, ô Zilia! qui virent naître nos premiers plaisirs, tes ſoupirs & les miens. Qu'ils ſoient témoins, qu'ils célébrent, qu'ils augmentent, s'il ſe peut, notre félicité! Délivrons-les, Kanhuiſcap.... Mais je cours à Zilia.

Ami, l'amour ne m'a point fait oublier l'amitié; mais l'amitié me ſépare trop long-temps de l'amour. Tranſports ſi doux, qui raviſſez mon ame, c'eſt dans vos égarements que je trouve la vie....... m'ennivrer de tant de bonheur, de volupté; Zilia m'eſt rendue, elle m'attend; je vole dans ſes bras.

Fin de la ſeconde & derniere Partie.

www.ingramcontent.com/pod-product-compliance
Lightning Source LLC
LaVergne TN
LVHW020325230826
846091LV00003B/778
* 9 7 8 2 3 2 9 0 6 0 0 1 9 *